红叶集

涂怀军◎著

上海文艺出版社
Shanghai Literature & Art Publishing House

图书在版编目（CIP）数据

红叶集 / 涂怀军著 . -- 上海：上海文艺出版社，
2023

（神农文化）

ISBN 978-7-5321-8924-3

Ⅰ.①红… Ⅱ.①涂… Ⅲ.①散文集—中国—当代

Ⅳ.①I267

中国国家版本馆 CIP 数据核字 (2024) 第 008565 号

发 行 人：毕　胜
策 划 人：杨　婷
责任编辑：李　平　程方洁　汤思怡　韩静雯
封面设计：悟阅文化
图文制作：悟阅文化

书　　名：红叶集
作　　者：涂怀军
出　　版：上海世纪出版集团　上海文艺出版社
地　　址：上海市闵行区号景路 159 弄 A 座 2 楼
发　　行：上海文艺出版社发行中心发行
　　　　　上海市闵行区号景路 159 弄 A 座 2 楼 206 室　201101　www.ewen.co
印　　刷：成都市兴雅致印务有限责任公司
开　　本：880×1230　1/32
印　　张：85
字　　数：2125 千
印　　次：2024 年 1 月第 1 版　2024 年 1 月第 1 次印刷
ISBN：978-7-5321-8924-3
定　　价：398.00 元（全 10 册）

告读者：如发现本书有质量问题请与印刷厂质量科联系　T：028-83181689

涂怀军在"喜迎党的二十大、踔厉奋发向未来"——《春雨集》阅读分享暨赠书仪式上讲话

涂怀军在宣讲无偿献血知识

有温度的文字（序一）

与怀军相识在 2020 年春节前夕，共同出席金湖县委宣传部举办的一场活动，随后一直联系，交流未断。2021 年底，他将《红叶集》书稿给我，托我作序。

怀军与我有许多相同、相通、相近之处。其一，我们曾是解放军战士，虽不是同年兵，但我们共同担负着保卫祖国的神圣使命；其次，我们都是金湖人，生活习惯差异不大，有着地缘上的亲近感；还有就是我俩有着共同的爱好，都喜欢舞文弄墨，我知道他先后出版了《萤火集》和《春雨集》。我们情趣相投，他发表在公众号上的许多文章，我都仔细阅读，这次出版的书稿内容大多数是公开发表过的，再去细读也更有滋味。

在我心里，面对文字，我始终怀着虔诚与敬意，一如面对初生的婴儿和耄耋的老人。怀军这部 10 万多字的书稿，我在半年内看了 3 遍，受益匪浅。只有如此，才能算得上对文字的敬意、对作者的尊重。

怀军的《红叶集》，由 60 余篇随笔短文，分四个部分组成。"写作人"都清楚，长文易写，短文难作。写好短文，难上加难。怀军的文章以小博大、以短见长、以情感人，多篇精品力作在读者中产生共鸣、赢得好评。如,《愿活出自己想要的样子》《相处舒服,无言也暖》都是发表在金湖县作家协会微信公众号上的,标题富有诗意,内容充满感情;再如,《黄桥,黄桥》《延安,延安》《苏州,苏州》等都是怀军在建党 100 周年前夕,参加庆祝活动有感而发,让我们进一步感悟到,中国共产党一经诞生,就把为中国人民谋幸福、为中华民族谋复兴确立为自己的初心使命。

还有,《有意思有意义有价值》《人要学会当自己的医生》《小胜靠智　大胜靠德》《这些年,这些事》《顺境不飘》《逆境不屈》《闲境不怠》等深藏人生、职场哲理,让人掩卷难忘,时刻自省。

文字是有温度的,可抵达人的内心深处,让记忆永恒,让温暖永久。在怀军的文章中有"温度"的文字,信手拈来,比比皆是。这些优美的文字,绵中藏针,力透纸背,发人深思。市作协会员志刚老师曾动情地说:"看怀军的作品,总觉得,像是一位益友良师在跟我们面对面聊天!他写的文章,细品之后,我们看到了他身上独有的当代人无比稀缺的正能量和极其难得的敢于担当的家国情怀。这是很激动,很温暖的。"

"在我身边,也时常听到借钱的故事,也有变相要钱的故事……但我始终坚守自己的底线去做人做事。我们要慎重对待自己辛苦赚来的每一分钱,可以借的钱就借,不能借的钱一定要守住。这是对自己的劳动成果负责,也是对自己的家人负责。遇到借钱不还,或者因钱跟你反目的'朋友'就慢慢疏离吧,没有任何意义。"《天冷在路上》,大家都不容易,互相帮衬着往前走。

"雄赳赳、气昂昂,跨过鸭绿江。保和平、卫祖国,就是保家乡……"抗美援朝战争唱响的是为了祖国和民族尊严而奋不顾身的爱国主义精神；长津湖畔的"冰雕连"，铸就的是为完成祖国和人民赋予的使命，慷慨奉献自己一切的革命忠诚精神；英勇牺牲的杨根思、黄继光、邱少云等战斗英烈，用鲜血和生命捍卫的是为了人类和平与正义事业而奋斗的国际主义精神。伟大的抗美援朝精神跨越时空、历久弥新，我们要永远传承、世代发扬，它必将永远成为中华民族伟大复兴之路上的精神财富。观《跨过鸭绿江》《长津湖》我多次流了泪，红色江山来之不易，我们要发扬红色传统，传承红色基因。

人生看似漫长，却也不过春夏秋冬，生命原本就是一场越走越远的旅程，每走一步，都在远离青春……在广袤的寰宇中，人是一粒微不足道的尘埃，在浩如烟海的生命长河里，人是一颗随时都会瞬间蒸发掉的水珠，人生起落是常事，生活的好坏应接不暇。人一定要学会理性生活，交可交之人，做可做之事，用慧眼看透世界，用智慧处理世事，扔掉鞋子里的沙子，活出生命应有的精彩。

美文，不仅仅是呈现事实，而是要揭示本质，鼓舞干劲，激励正能量。随笔《红叶集》是具有思考性的作品，说理透彻，思想深刻。从中可以看出怀军是位热爱学习、善于观察、勤于思考的人，更是一位充满正能量的人。

他的随笔简洁、有温度、接地气，叙述掷地有声，直击心灵，让人在愉快的阅读中，不经意间接受灵魂洗礼，正如他自己所言，他是"草根"，文章都是真实的经历和所思所想所悟。

怀军的四年军旅生活铸造了他的铮铮铁骨，蓝天赋予了他纯正情怀，相信挚爱文字的他，一定能在浩瀚的文学海洋乘风破浪，留下一条属于自己的航迹。

祝贺《红叶集》出版！祝福怀军！

是为序。

於如桂

2022年7月于江苏南京

作者简介：

於如桂，金湖人，中共党员，淮安市政协委员，博士，江苏爱邦钢铁、江苏爱邦健康管理等公司董事长、总经理，江苏省工商联钢铁服务业协会会长，江苏省人力资源学会副会长，江苏宏观经济学会副会长（监事），江苏远见战略研究院执行院长。对越自卫反击战二等功臣、全国模范退役军人、全国学雷锋先进个人、江苏省道德模范、江苏省最美退役军人、江苏最具爱心慈善行为楷模、淮安市优秀共产党员、淮安市最具爱心慈善捐赠个人。

文由心生，笔随心动（序二）

涂怀军书记给我的印象是一个兢兢业业，做事严谨细致，善于总结思考，充满正能量和激情的人，他组织能力、宣传能力都很强，在集团党务工作上作出了很大成就。他组织开展富有实效的党建活动，得到了市区委组织部重视，也让我对党史、党性修养有了进一步的认识。

我和涂书记的交集主要是在集团党务工作上，小到集团公众号一篇短短几百字新闻稿，大到区、市党代表工作材料，他都会尽力帮助，让我体会到书记是位非常注重细节的人，对我成功当选淮安区第十三次党代会代表、淮安市第八次党代会代表也起了重要作用。

我对他的更多了解，源于他的《春雨集》，里面记录了他过往的点点滴滴以及对工作、生活的感悟。我认真拜读，受益匪浅，尤其是他二十多年如一日坚持无偿献血助人，令我十分敬佩，是我们年轻人学习的榜样，去年，他荣获第五届淮安区道德模范提名奖，今年又荣获区党员先锋称号，受到区委表彰，实至名归。

涂书记和我说，规划着要出春夏秋冬四本作品集。

秋天，我最喜欢。感知秋天，感知四季。我们需要春天的和风，夏天的细雨，更需要秋天的收获，秋天是人生最灿烂的收获的季节。《红叶集》正是涂书记收获的又一成果，整本书延续了《春雨集》和《萤火集》的写实风格，依然是 4 个专辑，既有书记过往的工作经历，也有心境的写照，在于弘扬正能量，践行共产党员的初心使命，对于激发职场人，尤其是年轻人坚守信仰信念，在青春的赛道上奋力奔跑具有十分重要的意义。

《红叶集》也是一本令人叹服的职场实用书籍，涂书记有着二十多年企业管理经验，善于思考分析，尤其是在人力资源管理方面经验丰富，对身边的人和事都有着很强的洞察力。书中文章观点明确、逻辑清晰，对职场人来说极富正能量。

一本好书就像一盏明灯照亮我们前进的道路，给我们诸多启示。《红叶集》涵盖了勤奋、敬业、希望、梦想等诸多内容，读完《红叶集》后，会对工作，还有人生有更多、更深的认识，有利于提升思维方式。每一份成绩的取得都不会是一帆风顺的，不付出艰苦的努力是永远不会有成功的。

首先，要有梦。《人是活在希望中的》《人要活在希望的田野上》《再说人是活在希望中的》揭示，我们的人生始终是在希望的实现、破灭，再有新的希望等一系列的往复中度过的，为了希望而活下去的人，定会生出勇气和激情。其实不论在生活还是工作中，我们都要有梦想，有希望，希望就是方向，就是我们奋斗的动力，只有坚持不懈地朝着希望的方向去奋斗，我们的人生才会精彩。

其次，要勤奋。勤奋是实现理想的基础，贪图安逸会使人堕落，无所事事而退化。勤奋工作还会给我们带来真正的乐趣，工作给予我们的要比我们为之付出的更多。如果将工作视为积累经验的机会，每一项工作都蕴藏着成长的机会，如提升自己的专业技能、社会经验、人格魅力。当我们尽职尽责，坚持不懈地努力工作，终将有获得回报的机会，每个人的努力都不会白费的。

第三，要敬业。敬业就是热爱自己的职业，把工作当成自己的事，忠于职守，尽职尽责。把敬业当成一种习惯，就能从中学到更多知识，得到更多经验，就能全身心地投入工作中。我们的价值也是通过公司的发展来体现的，敬业最终带来的是双赢的效应。

一本好书，不仅可以启迪人的思维，也可以陶冶人的情操。一本好书既是良师，也是益友，可伴随一生。愿《红叶集》如碧血丹心般赤诚，像片片红叶盛开在漫山遍野，点燃美丽的秋天……

杨　阳

2022年7月于江苏淮安

作者简介：

杨阳，男，1988年3月出生，江苏淮安人，本科学历，高级工程师，现任江苏镇淮建设集团有限公司工程研究院党支部书记、技术管理中心主任，国家一级注册建造师（建筑工程、公路工程）、二级注册建造师（水利水电工程），江苏省建筑行业协会质量管理小组评价专家，淮安市第八次党代会代表、淮安区第十三次党代会代表。2022年4月，获评淮安市淮安区先进工作者。

目　录

C O N T E N T S

第一辑　秋天的红叶

第二辑　永远的情缘

第三辑　一直在路上

第四辑　逆境远方梦想

附录：一个集团党委书记的献血情结

秋天的红叶

人是活在希望中的

人生，最重要的不是财产，也不是地位，而是在自己胸中像火焰一般熊熊燃起的一念，那就是希望。反过来，希望又会对财产、地位产生一定的影响力。

我们的人生应该说，始终在希望的实现、破灭、再有新的希望等一系列的往复中度过的，为了希望而活下去的人，定会生出勇气和激情。终生怀有希望的人，必定是有崇高信仰的人。他们都会有很多次的挫折和失败，可是，遇到这些不测和灾难，不同的态度，会出现不同的结果，有的人退却了，有的人砥砺前行，直到希望如愿。

我高中毕业后，就希望当兵，因为当兵是我的梦想，后来希望实现了，去了广东当兵，在部队希望当个好兵，做个优秀士兵，四年军营生活获得两次优秀士兵，再后来如愿入党，这些都是人生的梦想，生活的希望。

再后来参加工作了，希望从基层到管理岗位，从车间到行政大楼，从租房到买房，希望孩子快点长大，快点工作，快点成家……这些都在我的脑海里，都流淌在平凡的生活中，有的实现了，有的还在努力，有的还要适时调整，因为希望还要与当下的环境结合起来。

　　我始终相信，生活中坚强且有决心的人，会给自己重新树起目标，重燃希望，并苦力奋战，越过这些人生的"坎"，大"坎"、小"坎"，大失败、小失败，再次奋起，取得新的成功步入坦途。如果不能重拾希望，没有决心去改变现状，对前途失去信心而混下去，那么，他就会从此"一蹶不振"，被"坎"绊倒，生活和工作也会衰落。能否挺过去，取决于自己心中是否还存有信念。我们经常听到，有老人患病，在"断气"前，就想看到远在外地打工的儿子，希望能见上最后一面，此时老人的信念能支撑他活几天，直到孩子出现在老人的眼前，老人才安详地走了。这也是希望，人生处处蕴藏着希望。前几年，有媒体报道南方某市委前书记调到省委担任副秘书长不久，在书房自杀。仕途中的不如意，希望变成失望，最后是彻底破灭了。

　　再多的磨难都打不倒向前看的人。因为，他们永远心存希望，即使眼下失去一切，他们依然笃定自己拥有未来。我始终坚持有意思、有意义、有价值的理念，就像我出书，2019 年是新中国成立 70 周年，我出版了《萤火集》，2021 年是中国共产党成立 100 周年，我出版了《春雨集》。我认为很有意义，也有意思，但从经济价值来说，不是很显现，我除了付出了艰辛的劳动，在经济上也"倒贴"了不少，但我很开心，觉得有意思，有意义。

　　工作后，在不同的单位，不同的岗位上，我都能勤勉工作，提高各方面实现希望的能力，那就是希望自己活得更有价值，生活史有品质。这么多年，虽说处在企业中高层，算是高级职业经理人吧，但也是"打工人"，打工的艰苦与无奈之感，往往多于快乐，不过"打工人"也有自己的"希望"，你看，书香家庭、最美家庭拿到了，薪资福利更好了，想做的事情有机会成功，

"悦"读分享交流会启动了……

在我的过往中，希望成为失望也不足为奇，当你准备大干一场时，老板找你"谈心"说公司订单减少了，准备裁员了，你得做好离职准备了。当你受到表彰时，一股"暗流"正朝你袭来，开发区收到反映你的匿名信了，尽管你一再强调，保证自己的干净，而"对手"却不理你这一套，他们要让你"身败名裂"，好在人间正道是沧桑，调查结果如你所说，是诬告。有时正义也会迟到，但它不会缺席。别人怎么说，那是别人的事情，让他们说吧，这也不行，那也不行。坚持走自己的路，必能到达希望的彼岸。

无论怎么样，只要我们做到心里有"底线"就不负韶华，那就是：我不做坏事，谁也坏不了我的事。希望就是方向，就是动力。光有希望，不去奋斗是不行的，只有坚持不懈地朝着希望的方向去奋斗，我们的人生才会精彩。

写到这里，我扪心自问，我还有什么未实现的希望呢？

对自己好一点

2021年的中秋和往年一样，回金湖在家过的，平时忙于工作，这次放假好好休息，儿子中秋也放假，从南京回来了。

19日傍晚，我无意中刷朋友圈看到昔日同事小肖一条消息，他分享了一篇文章，并附上一段"感慨"：从来没有过的体会，心累到无以言表，终于体会到无能为力，不知道现在的着力点在哪里？不能理解，但愿不要被误解，不求功绩，但求无过。

我看到了几位同事留言，我顿时觉得也要跟帖说上几句，于是回复：当你不够强大时，被误解的机会也会很多。不是朋友多了，路好走，而是路好走了，朋友才会多。社会讲究价值交换，而且是等价交换。

20日晚上，我在县文化中心广场散步，接到好多年前的一位同事小朱电话，他跟我聊天，也就自然提到了他们的财务杜总监，我当年离职跟他有很大的关系，高管的离职，如果说与高管团队成员一点关系没有，那几乎是不可能的，几年前我离职后他就分管我原分管部门，后来生产厂长也离职了，去年公司陆续招聘了几个高管，而且进来就是副总经理或者常务副总经理，杜总监明显是"掉队"了，用他的话说，资格算他最老了。他的"同僚"都被他在总经理面前"建言"而离职了，员工私下议论他为人"太阴"，人品有问题，算计人是把"好手"。我跟小朱说，天道好轮回，苍天饶过谁，相信因果吧，资格老又如何？资格不能当钱用，不能当饭吃，有德有才方能走得远，才能有好口碑。对他人好，说到底就是对自己好，对家庭好，对事业好。

结束聊天，我也想起了诸多往事，原本休闲模式，又切换到工作状态了。我到新公司后与原同事几乎不联系，一来是我工作一直很忙，看朋友圈不是很多，偶尔看看也几乎不回复，不点赞。二来离开时心情也不是很愉快，有人说我无端就被"狗"咬了，有的人不遇、不处、不聊就是我的处事定位。当然不想给人家造成负担也是原因之一，"打工人"的日子充满着艰辛和无奈，说到底还是想做自己喜欢的事情，不把精力和时间放在毫无价值的人和事上。

在历史长河里，有一个人能将这无常人世看淡看开，给自己添暖，点亮了一盏爱的灯光，照亮心之远方。他就是被世人誉为千年潇洒哥、人间大"暖男"的一代词人苏轼。"世界以痛吻我，我却报之以歌。"苏轼一生多舛，几度浮沉，多次被谪，发配异域。几多坎坷，恰似几重风雨。但他却视苦难如泥丸，似风雨如玉露。

我们经常聊到中年危机的话题。中年危机的本质就是两个方面，第一位就是钱，第二位就是健康。人到中年在职场的竞争力逐年变低，害怕身体出现状况，用钱的地方越来越多，害怕自己"扛"不住。人生寂寞，长夜漫漫。时光瘦苦，人心向暖，终需学会自己暖自己。

给自己添光加暖，人心若有炬，有光，呼吸向暖，脚下生风。巴金曾经说："生命是可爱的。但寒冷的、寂寞的生，却不如轰轰烈烈的死。没有了光和热，这人间不是会成为黑暗的寒冷世界么？倘使有一双翅膀，我甘愿做人间的飞蛾。我要飞向火热的日球。"

心态、格局对于一个人来说是非常重要的。我们要学会开放式思考，你很累，或许别人更累，你痛苦，有人比你还苦。懂得适时放下执念，为心灵解绑，不难为自己，懂得爱自己。没有岁月静好，只不过有人默默独自承受。生命本质就是经历痛苦。每个人都不容易。不必一味地在意别人，每个人都有自己的使命，有自己的阴晦和难言的伤。给自己一份宽容和认同，胜过万千他人的劝解。

自爱是人生漫长浪漫史的开端。将欣赏、体贴、包容留给最辛苦的自己，将美酒、巧克力、香茶献给最可爱的自己。人生路上，与自己谈一场永不分手的恋爱，终生沐浴幸福欢愉的荣光。人生是一段漫长的修行，每一段都是苦旅。路途太长，心会累，脚会疼；会感伤，会流泪；想给予他人温暖，却无能为力；拼尽全力，也望不到远方。黯然神伤，冷了、累了、伤了，那一定是自己的心还不够暖，不够强。那就停下来歇一歇，修炼自己，强大自己，捂暖自己。人生路上，与人品好的为伍，不纠结烂人烂事，多善待自己，对自己好一点，因为你肩上的责任不轻。

保留自己的一片天地

转眼间，又到（2021 年）9 月了，又是开学的日子了，秋天的气息也越来越浓了。我忽然感觉手上的事情越来越多了，新年的脚步越来越近了。

这一年的秋天似乎来得格外早，总以为过了中秋才穿长袖衬衫，今年怎么了，刚走进 9 月就套起来了，也许是老了，毕竟也是奔五的人了。回首过去的几个月，许多没来得及做完的事情，都匆匆结束在短暂的夏天里。还有那个说好要一起迎接秋天，等待冬天的人，终究也没能跨过季节轮转的车轮，一个转身的工夫就失散在茫茫人海，也许彼此不再需要吧。

窗外的细雨一阵接一阵，路边枯萎飘落的树叶一茬接一茬，街头来往的人群一拨接一拨。这两天雷暴雨又要光临了，出租房似乎有霉味。

春夏秋冬，四季轮回。从生长到凋零，万物不断在更迭。或许我们也该像它们一样，步履不停，继续向前。不属于自己的东西，就释怀一些，洒脱放弃。不属于自己的人，就痛快一些，勇敢放手。

前几日，我的第二本书《春雨集》的一位读者给我留言说："不喜欢的东西就丢掉，讨厌的人就拉黑，没必要瞻前顾后，委屈自己。不高兴的时候就睡一觉，看腻了的照片就删掉，保持好心情，远离疾病，远离垃圾人。遇上爱的人就表白，饿了就去吃最喜欢的美食。人生那么短暂，哪有时间让你去犹豫。"我看后，给他点赞，我随手删除了四五十个微信好友，微信好友，并非都是好友，大多数都是人生列车上的偶遇罢了，我或者他们都会在各自的终点站下车。是啊，凡事多一份看淡与释怀，经历是最好的老师。

我到新的工作岗位也快一年了，总感觉时间过得快，总有忙不完的事情，记得刚刚来的时候，人生地不熟，每天坐着公交车上下班，最开心的事情就是坐在车上欣赏着一路的风景，听车上人的谈笑风生，回味着他们的故事，很惬意。后来，我就骑上电动车上下班，不再关注公交车的动向了，同样欣赏着路边的风景，哪里好玩也可以驻足观看，看到喜欢吃的水果，停车也能买上几斤带回宿舍品尝，这就是生活，无味也有味。有空也能去见见朋友，聊聊天，偶尔也会去喝茶，互通一下近况，心里早已不再向往人多吵杂的地方了，更多的是找一个安静的地方，思考问题，或者看看书，也许宿舍就是最好的地方。

宿舍不大，最多的就是书了。看书、写书是我下班之余的主要事情了，天气好的话，还要走出去散散步，时间不长，一个小时足矣。散步也在思考写书的事情，做事的人不玩心机，不擅长的技能，就不想去研究了，过一两年计划再出一本书，这也算是"梦想"吧。我常说，因为坚持才有希望，有人也会说因为希望才会坚持，不争辩，随意随心就好，开心快乐就好，过得好才算真好。

活在当下，你可以去追一场日落，感受秋天黄昏的温柔。去等一场邂逅，体验秋天相遇的浪漫。去织一场美梦，温存秋天独有的光芒。回头看看一路走来，你会发觉所谓通往梦想的人生之路，不过就是在柴米油盐的庸常琐碎中，自己独守一份执着，坚持保留自己的一片天地。

如果说未来可期，唯有自己不可辜负。所以，我们一起放下此刻身上担负着的包袱，轻装往前，去迎接新年吧！愿我们永不经历沧桑，淡然处世，波澜不惊。愿我们珍惜自己所拥有，不忧郁，不悲伤。愿灵魂得到净化，多一些从容快乐、少一些浅薄无知。

愿我们的日子清净明朗，抬头所见皆温暖。

心里装着厚道，人生不怕跌倒

2021年"五一"休息在家，我又观看了《龙年档案》，这是第三次收看了。《龙年档案》讲述了天州市市长罗成揭露一件件贪污腐败案件的故事，是由于庚庚执导的反腐剧情类电视剧，张丰毅、潘雨辰、戈治均、王静等参加演出。故事惊心，人物斗争激烈，情节曲折，感情丰富。我被感动了——不仅仅是因为情节。我很喜欢看类似题材，不仅仅是当兵的经历，还有家庭的教育，成长的环境，让我看后感觉受教育极大。它让我深切领悟到了更多的政治、社会知识。

主人公罗成，一个有血性、有正义感且有才华方略的人。曾经当过县委书记，结果一个县的财政收入超过周围十几个县的收入总和。全县老百姓都说他好，可管着他的地区就容不下他了，把他说得一无是处。好在没有危及到省里，凭着这些能上大台面的政绩，他被调往另一个市当市长。结果这次他的光芒终于刺痛了省里的一些"父母官"，于是被人一番恶话，被调到省里管一间三五个人的办公室，闲了十年。

一次机会，让罗成赴天州担任市长，他不怕困难，身先士卒，铁了心玩命干，就是为了天州人民过上好日子，为了老百姓的利益，受到了老百姓的拥戴。这也得罪了既得利益者，他们使用了许多"阴招"就是想让罗成滚蛋。让我印象深刻是罗成对匿名信的处理。他的对立面写了许多封匿名信寄到省市领导那里，省委组织部还专门派出调查组来调查，最终水落石出，匿名信成了一封诬告信，有关人员受到了法律制裁。最近看了几部电视剧，都有一个特点，就是你想为人民做事，就会侵害一部分的利益，匿名信也就出来了。我爱看这部剧，也是因为剧中的匿名信的事情，让我想起几年前，我的好友欧阳总被匿名诬告的事情。

回到《龙年档案》电视剧中来，匿名信经公安部门侦破，是市委龙书记儿子指使人干的。故事结局无非有两种，一种是失败，一种是成功。很幸运的是，我们看到了代表正义的一方的罗成最终还是胜利了。这其中的盘根错节的阴谋诡计、明争暗斗就不用说了。高潮部分发生在故事最后的紧要关头。我还是觉得讽刺。在答案还未揭晓前，罗成还在因为遭人陷害遭到自市委书记以下大部分人的围剿，开着可能是他离任前的最后一次扩大会议。让我觉得无比痛恨的是当数万名群众从四面八方赶来营救他们的好市长时，事故的最主要责任人市委书记还要摆足官架子，说足官话，"我们要万众一心，不怕困难，坚决……"，真是让人作呕。

就在上个月，我看电视剧《国家干部》，剧中市纪委副书记覃康在查处皇源公司假农药案时被对手匿名诬告，说有重大经济犯罪。覃康一度受到不公正待遇，压力很大，但最后栽赃的人终究受到追责，正义可能会迟到，但不会缺席。

就在前几日，我看电视剧《沧浪之水》。故事中梁致远要被提拔了，这个时候"匿名信"出来了，反映其绯闻，而不同的是梁致远得到了其上司闻局长的支持。闻局长用丰富的经验告诉梁致远，要用逆向思维思考问题，想把梁致远搞臭，谁会得到利益？

看完这些电视剧后，我思绪万千，好友欧阳总的事情一直在我脑海里出现：是谁写的匿名信呢？"匿名信"抛出的时机把握得为什么那么好？又是谁在助推"匿名信"发酵做文章呢？后来，听说组织上给出了调查结论：所反映的与事实不符。但是我还是为欧阳总的遭遇气愤不已，想干事太不容易了。

我发微信告诉欧阳总：只要初心不变，任何小人的动作都会失败，要始终坚信善有善报，心里装着厚道，人生就不怕跌倒。

秋天的红叶

秋叶，是秋天里最靓丽的一道风景线；它们，为秋天这幅油彩画，添上了最美的一笔。在我们当地一到秋天，满大街都是梧桐树的叶子，也有杉树的叶子，微风一吹，黄叶、红叶随风飘动着，像舞动着的小精灵。每当看到此景，我不由地心中感叹，秋天到了。

有朋友曾经问我，你见过满山遍野的红叶吗？我见过飘落的几片红叶，满山的红叶却从未见过。在我家书橱里，却珍藏着一片红叶标本，过塑至今保存着，那是战友，又是高中好友政军在1995年的秋天寄给我的。那时，我在佛山当兵，而他在北京当兵，虽不是同年兵，在部队也时常书信来往，他是我高中毕业以来，处得非常要好的挚友。

我偶尔也遐想枫树，一片火红的枫叶掉下来，像一只红色的蝴蝶，摇曳着。夕阳的余晖轻柔地抚摸着一片片红叶，静谧幽深、淡泊致远的感觉萦绕在心头，这才是我心中的红叶长廊呀！秋天的红叶也哭泣了，这个秋天带来的一切，又随着它的走过，一一收回，最后只余一地的萧瑟。枫叶飘零，在空中舒展自己美丽的身躯，伴着秋风的交响乐，飘到四面八方。远看，树枝上像着了一团热情的火。指尖轻触窗，一丝凉意在指尖缠绕，泛金泛红的秋叶迎风而起，在空中打转，像一只翅膀撕裂了的红蝶，与目光微擦。

再冉秋光留不住，满阶红叶暮。秋天，是收获的季节，秋风，吹来了一波波丰收的喜讯。秋叶，也在这时变得更美，它们装点着秋天，让秋天更加富有生机。秋天的红叶，动了我们心的是拼搏的力量，它们用亮丽夺人的色彩吸引着一切的眼球，它们散发的热情，一一打动着我们枯燥的心。秋天的红叶，入了我们眼的是最美的火红，那是振奋人心的色彩，火海般的枫林冲破了我们内心的桎梏，带着我们领略了这个充满阳光的世界。

与时俱进的思想，凝聚砥砺奋进的伟力。2021年的6月中旬，散发着油墨清香的随笔集《春雨集》回来了，这是我第二本随笔集，也是庆祝党百年华诞的礼物，我作为一名党员，庆祝我们党走过百年峥嵘岁月，百年征程波澜壮阔，百年初心历久弥坚。新时代，我们党领航定向，团结带领全党全国各族人民经受大战大考，推动经济稳健复苏，"十四五"开局迈出新气象，迈出新成效。应对风险挑战，我们党进一步积累了对做好党和国家工作的规律性认识，更加沉着应对重大挑战，更加自觉做到步调一致向前进。我们党立足新发展阶段，正确认识和把握我国发展面临的许多新的重大理论和实践问题，将推动中国经济在高质量发展中赢得主动、赢得优势、赢得未来。我们党还以宏阔的视野、深邃的思考，既立足当前聚焦热点问题，又着眼长远把脉发展大势，指引中国航船行稳致远。

这一年的秋天，我工作之余就是精心筹备出版第三部随笔集《红叶集》书稿，计划着明年"五一"后将书稿寄给出版社。我想，等书回来的时候，也该到秋天了。第一部书名是《萤火集》，是在2019年夏天出版的，那年是新中国成立70周年，

9月4日我们在市区举办了"悦"读分享会，与读者朋友共同庆祝。《红叶集》是寓意秋天，是收获，更是新的征程启航。

春夏秋冬，四季轮回，而秋却给我留下深刻的记忆。咏叹红叶的优美诗词，最著名的自然是杜牧的《山行》："远上寒山石径斜，白云生处有人家。停车坐爱枫林晚，霜叶红于二月花。"这首绝句描述了晚秋的优美景色，赞叹秋天枫叶胜过春天的花卉，脍炙人口，意境优美，传承千古，妇孺皆知。你看，红叶飘上了岸边，尘土似乎要将它掩埋，远远看去又好像熊熊的烈火在燃烧，又像天边飘落下来的一片彩霞，与大地融为一体，化作养料，滋润来年的新绿。千叶竞红，艳丽如霞的色彩，让人生出无尽的遐想来。

秋天的红叶，一改夏天的慵懒，带来秋的勤奋，硕果累累，绚烂的秋菊盛开，映照出丰收的喜悦，入了我们耳的是生命的呐喊，在这个落幕之秋，万物凋零之际，那红得正旺的秋叶，是对生命无尽的挽留，用它们的独舞写尽对这个世界的留念。

为自己工作，困难都会让步

最近 2 年，我听过最恶心的一句话，事情都过去了，你怎么老揪着不放？有些事情你是过去了，但是我过不去。因为被迫吞下委屈的人是我，不是你。

——题记

2021 年 12 月 20 日，星期一。

早上，我坐车回淮安上班，8 点还没到金湖县作家协会微信公众号推出了我的文章《致 2022：愿活出自己想要的样子》，接着就看到志刚老师的跟帖：欣赏涂总大作！涂总每一篇作品中蕴含的严谨、谦逊、责任、正直、不卑不亢，总能给人以启发和解惑之道。仔细阅读，我们总能从某一个侧面或角度领略到其作品明灯般给予我们如何处理职场中涉及的那些晦涩、棘手、难缠或定夺不清问题的方法、方向和思路。有时候，我们猛一看涂总的作品，像是高调，但细品之后，我们却看到了涂总身上独有的当代人无比稀缺的正能量和极其难得的敢干担当的家国情怀。涂总的作品，总觉得像是一位益友良师在跟我们对话。

作协金主席也发了一条：涂总很勤奋。

我一边看，这些温暖的话语是激励，是前行的动力，一边思考着一些事情，到了年底工作是千头万绪。人真正的累，不是拼搏，而是内心的迷茫。有的人就是自己混日子，混日子也就算了，还见不得他人好，心理阴暗的"螃蟹"思维。

十年前就认识的一个朋友，周末大晚上跟我倒苦水。

说跟同事闲聊，发现部门新来的职员，居然比自己的待遇还高，一来就是部门副职。想想自己在公司待了五六年了，活一样不少干，还是一名小主管。

"太憋屈了，你说我待了这么久，没有功劳也有苦劳吧。这破工作，真是干着一点意思没有。"

看他一副义愤填膺的"愤青"样子，我忍不住说：

"既然这么觉得委屈了，干脆换家公司看看？此处不留爷自有留爷处。"

他马上就沉默，不说话了。

其实，我对他还是了解的。一直没什么事业心，公司每次安排出差他都觉得太苦，不是说家里有事，就是借口身体不舒服逃掉出差。

平时，份外的活一点不干，到点就收拾，要么下班回家，要么约人喝酒侃大山。说是干了七年，其实能力一直在原地打转，劲头明显不如年轻人。混着混着，一不留神就成了职场里"性价"比最低的存在。

我们听到很扎心的话："在这个时代，人工智能像人不可怕，可怕的是人越活越像人工智能。"你有没有发现，我们身边有很多像我刚提到的朋友这样的人。

每天看起来兢兢业业，从不迟到早退，但升职加薪永远轮不到他。眼瞅着新来的年轻人都跑到了自个前头，这才感觉到危机。其实，职场人过了40岁，还一事无成，口袋空空却不反省自己，而去一边抱着过去的"苦劳簿"诉苦，一边盘算着换出路。结果就是空有一身的工龄，却没有跳槽的本钱。"什么叫苦劳？苦劳就是无效劳动。"

"当你工作中混日子，其实就是在浪费自己的时间。"朋友吕总说。

"因为你自己都认为自己的时间不值钱，你的工资怎么可能高得了呢？"想摆脱现状却懒得提升自己，瞧不上手头的工作又做不到无可取代。看起来拥有 10 年的经验，却不过是相同的日子重复了 10 年。

一个人大可以欺骗自己，但结果不会陪你演戏。混日子、熬时间，可能会带来一时的轻松和惬意。但浑浑噩噩的每一天，都会让你被身边的人越落越远。在开发区工作的老周提起自己的一个同事老张。

老张嘴里说得天花乱坠，一套一套的，工作成绩却平平无奇。仗着自己资历深，工作敷衍不说，还喜欢摆架子使唤人。周围人都不愿意搭理他，只有新来的人忍着去做事。对于其他同事取得成绩了，他就凑上去"抢功"说什么方案他看过了，也给了不少意见，出了许多主意。大家也就"呵呵"而过。有的人不想跟他有过多的交际，他就到处诋毁人家，说什么谁谁膨胀了，眼里没有老同志了……

有一回，一个设计方案明明与老张半毛钱关系没有，他却跑到老板身边说三道四，搬弄是非。甚至有同事看见他在办公室偷偷摸摸写什么材料，那位同事很纳闷，问他在写什么？老张神色慌张赶紧收起来，没过多久，公司传开了说老张喝酒多了说的，他写信没署名，向哪里哪里反映谁谁忽悠老板，架空老板什么的。

有句话讲得很真实："这世界规则就是这样，只要你的价值不如别人，就会被无情地淘汰掉。"这个时代，淘汰就像家常便饭。你在混日子中浪费的时间，会慢慢变成困住你的深渊，让你眼睁睁地看着别人飞速前进，却无能为力。

"现在社会变化太快了，真的不想哪天被职场淘汰，被时代抛弃。别说一天了，我真的是一分钟都不想浪费。"每次跟黄总聊天，我都会想起一句话：

"成功的路并不拥挤，因为绝大多数人选择了安逸。"

"我们要有不负时代，不负韶华的境界"。

在这个世上，时间是最公平的东西，你选择打发它，它就会反过来打发你。那些本可以让你变得更优秀的每一天，一旦浪费了就不会重来。新时代，不会等任何人闲庭信步。

你光把自己做好了不行，你得做得比别人好。我经常利用周末或者下班在宿舍写了不少文章，计划着明年出版第三部随笔集。我也常常发给好友孙总看看，我们是在今年在无锡省委组织部培训班上认识的。我让他提出意见，便于进一步完善。十天前，他给我留言：

"拜读了涂书记几篇佳作，使我对你又有新的认识，你是一个永不满足，积极向上，肯攀山顶高峰的人，是一个重品德修养，工作有情怀，勇于争先的人，是一个有丰富文化内涵修养，践行新时代精神的人，所体现的正能量感染着我们。"

只有碗端在自己手中，才能够始终有饭吃。今天比昨天多做一点点，明天比今天精通一点点，才是普通人最大的真理。也许你正在日复一日的工作里慢慢丧失了激情。也许你正因为自己的职业道路越走越窄而彻夜难眠……

我们别忘了，人活着真正的累，不是拼搏的累，而是内心的焦虑与迷茫。还有就是被人诽谤，然面对不公以及所谓的"不合群"，对策就是生气不如争气，只有强大了自己，"小人"才会低头，让他认识到，不是我不合群，而是你不在我在的这个群里。

不惊岁月波澜，不畏暗流涌动。当你真正开始为自己工作，所有的困难都会为你让步。那些你加过的班、做过的项目、学到的本事，都会变作你的底气，让你任何时候，面对困难和挫折，不会只有唉声叹气和眼泪……

人要活在希望的田野上

2021年7月27日、28日，我在"淮安文学艺术联盟"微信公众号上，连续发表了两篇有关"人是活在希望中"的文章，人活着不能没有希望，希望也就是愿望，就是欲望，就是目标。既然如此，只有播种，才有收获，只有立即行动，才会到达目的地，只有开始拼搏，才会获得成功。因为，奋斗本身就是心怀希望。

网上热传一个故事。说的是有位小王姑娘，一向乐观豁达。她在社区做着一份普通的工作，业余时间读书、学习、考证，日子过得热气腾腾。有一次群里讨论起各自生活的艰辛时，大家才知道，她原来曾经因家庭贫困而辍学。

我们讲到自己的过去总会感叹走过来的路有多不易，小王姑娘却不一样。她轻描淡写地提了一下自己的经历后，就讲她未来的规划：要参加什么考试，要拿到什么证，想考什么工作岗位。

小王说，她信的一句话是：每一个困局来临，都是逼你做出改变的新机遇。过去了的已不可改变，但解决困局的办法，永远是有的。自己的行动，自己永远可以掌控。

我很欣赏这个小王。她学历不高又如何？她工作不好又如何？如果一个人懂得往前看并为之不懈拼力，就没有哪一种困局能把他打趴下。

再说说我自己吧。

前几年，在 FY 公司工作，虽说是新企业，什么都要自己做，但是这又是一个展示能力才华的机会呀。从第一个员工入职，到一群人被我送到集团培训，心里有满满的幸福感。平淡的企业管理中，只要心怀希望，就有做不完的事情，收获的不仅仅是快乐，还有果实。你看：举办的培训和职工"悦"读活动，把枯燥的文字变成了兴趣十足、寓意深刻的故事；军训就是磨练意志，把懒散彻底抛弃，踏上执行的快车道，员工队伍面貌焕然一新，产能提高了，效益提高了，员工的生日福利、节日福利也提高了，满满的希望都变成了现实。工作经历多了，思考也就多了，时常问自己，如何把明天的工作做得比今天好？不断学习，不断实践，找到了"秘诀"，把这些"秘诀"总结归纳，再去消化，再去复制，让更多的人去学习去操作。紧接着，随笔集《萤火集》也就应运而生了，书一出来就受到了关注，不仅有员工，还有班组长、主管，甚至企业老板也为团队管理者每人发了一本，并要求学习。

天，不会永远都是晴天。人，不会一辈子都顺利。你看，不久我离职了，莫名其妙离职了，有人特别高兴，有人为我惋惜，但这些都不重要，因为，我觉得，结束也就意味着新的开始，一切都会有因果，一切都会有报应。只是时间问题，不是不报，而是时间未到，等着吧。人在做，天在看，上苍惩罚你，会让你欲哭无泪，奖励你会让你好事连连，几个月后，我又去履新副总经理了。

高兴的事情还在继续，几个月后，我的职务又有了新的变化。有人说，命运有时就会捉弄人，让我走的人，又有机会再见面了，不是想不想见，那是命中注定必须要见。很开心，一切都在希望的田野上，江苏省最美家庭荣誉证书金光闪闪，"七一"前夕，我的第二本书《春雨集》出版了。我还被邀请到社区、企业去上专题党课，庆祝中国共产党百年华诞。

千秋伟业，征途如虹。回望百年历程，我们将光荣写在了历史深处；走过百年风雨，我们又站在了一个新的历史起点上。今天，全面建设社会主义现代化国家新征程已经开启，向第二个百年奋斗目标进军的号角已经吹响。"考试"仍在继续。历史的车轮永不停歇，奋斗者的脚步永远向前。对过去最好的致敬，是创造新的历史伟业。

我们生活在新时代，要始终保持"赶考"的清醒和坚定，以"自信人生二百年，会当水击三千里"的勇气闯关夺隘，以"暮色苍茫看劲松，乱云飞渡仍从容"的定力笃信实干，我们必能在新的赶考之路上创造新的更大奇迹，在希望的田野上描绘出更加精彩的"画卷"。

再说人是活在希望中的

人只要心存希望，心中有一颗希望的种子，就定会有奇迹。

最近发生一件事情，成为街头巷尾，茶余饭后人们津津乐道的话题，鸿星尔克，"一夜爆红"。这一年（2021年）7月22日，鸿星尔克捐赠5000万元物资驰援河南灾区。网友同情鸿星尔克经营状况不佳，纷纷以购买其产品的方式来支持鸿星尔克，成了当下最受关注和欢迎的企业。老板吴荣照深夜发出微博说，我坚信只要坚守初心，坚守实业，用心为用户打造优质的产品，总有一天会得到用户的认同。如潮水般的力挺和关爱，背后是一个善引发善、爱传递爱的动人故事。

"出手大方"的鸿星尔克，是营收远远落在同行后面的企业。去年鸿星尔克的营收为28亿，净利润为-2.2亿元，今年一季度负6000多万。"感觉你都要倒闭了还捐了这么多。"自己家底不厚，却向灾区捐赠大笔物资，并且低调地在宣传上舍不得花钱，官方微博连会员都没有买。这种强烈的"反差"，感动了无数网友。一传十，十传百，网友自发支持的力量不断汇聚，效应层层叠加，最终造就了鸿星尔克的意外出圈和爆红。支持鸿星尔克，实际是人们对善良价值的坚守，对"好人有好报"正义观的执着坚持。

我看到这个新闻，深有感触，鸿星尔克一个善举就是在改变世界，在引导无数人迈向大道，这不就是鸿星尔克心怀希望，勠力同心的真实写照吗？企业家的家国情怀，不就是把企业的命运与国家的命运紧紧连在一起吗？鸿星尔克的爱心之举就是在提升国运，这也激发了更多网友的爱心，甚至一些网友把这份爱心反过来献给了这家企业，这种爱心传递，是他们对慷慨解囊的一种褒奖。这种赞扬是发自内心、自然而然的，也是值得肯定的。面对网友的支持，吴荣照还特意发视频，呼吁大家理性消费，不要神化鸿星尔克，也避免对别的同行造成困扰，这就是企业家的格局和胸怀。希望未来，会涌现无数个鸿星尔克。鸿星尔克的故事还在继续，但我想，做企业和做人的道理是一样的，只要心怀希望，并坚持走下去，就会看到璀璨的星光。

还有，"七一勋章"获得者张桂梅多年来，不忘初心，牢记使命，她和她的老师们，一直践行着一定要把华坪女子高中办好的誓言，努力培养着大山里的女孩，让她们走出大山，走进大学。多年来，她们改变着越来越多的大山里的女孩的命运，为她们点起一盏盏希望的明灯，这一盏盏明灯绽放着希望之光，照亮她们前行的征程。

我还想起一个故事：从前，有一老一小两个相依为命的瞎子，他们靠弹琴卖艺维持生活。一天，老瞎子终于支撑不住病倒了。他自知不久人世，便把孩子叫到床头，紧紧握着他的手说："孩子，我这里有个秘方，这个秘方可以使你重见光明。我把它藏在琴盒里面了，但你千万记住，你必须在弹断第1000根琴弦的时候才能把它取出来，否则，你是不会看到光明的。"

孩子流着泪答应了师父。老瞎子含笑离去。过了一天又一天，一年又一年，小瞎子将师父的遗嘱铭记在心，不停地弹啊弹，将一根根弹断的琴弦收藏着。当他弹断第一千根琴弦的时候，少年已到垂暮之年，变成一位饱经沧桑的老人。他按捺不住内心的喜悦，双手颤抖着，慢慢地打开琴盒，取出"秘方"。

然而，周围人告诉他，那是一张白纸，上面什么都没有。顿时，泪水滴落在纸上，他笑了。很显然，老瞎子骗了孩子。

但这位过去的小瞎子如今的老瞎子，拿着一张什么都没有的白纸，为什么反倒笑了？因为就在他拿出"秘方"的那一瞬间，突然明白了师父的良苦用心。虽然是一张白纸，但是他从小到老弹断了 1000 根琴弦，琴技娴熟，并能够真正自食其力，他悟到了这无字秘方的真谛——

在希望中活着，才会看到光明。

坚持走下去，就是人生

昨晚与一位朋友聊天，我们感叹职场人一边面对就业压力，一边还要为了家庭远离故土去拼搏，人这辈子，路过人间这几十年真的很辛苦。

来这人世走一遭，我们都只有一次生命。该遇见的会遇见，该离开的会离开，该拥有的会拥有，该失去的会失去。是你的，一直左右不离，不是你的，一生强求不来，何必闷闷不乐？何必殚精竭虑？开开心心不好吗？

我们时常问自己，我们过得开心吗？

作为奔五或即将奔五的我们，面对步入老年的父母，面对刚刚踏入社会，参加工作的孩子，看看自己挣钱的机会越来越少，用钱的地方越来越多，有太多的焦虑和不安，生活真的不容易。

这不，好友小李失业在家快一年了，靠打零工为生，当下对大多数人来说，失业、再就业已经成为常态，有人告诉我，即使没失业，看看每月那点微薄的收入，已经支撑不起有品质的生活了。"车贷、房贷快压垮我们了"，朋友小张无奈跟我诉说近况，老婆已经开始抱怨，婚姻快到危险的边缘了。

我们总是希望过上美好的生活，希望白天有说有笑，晚上睡个好觉，最好睡到自然醒，希望如此，实际却很难，失眠、焦虑已经成为职场人的常态。只不过，有些人不说罢了，因为怕说了被人笑话，有泪擦干后继续前进。

明天会发生什么，会失去什么，我们谁都料不到，何必总是胡思乱想？但我们经常会想。不是因为你不愿，就不会发生；有些东西，不是因为你不甘，就不会失去。我们谁也不知道，明天会面临什么，是狂风暴雨，还是风和日丽。

与其总是胡思乱想，背负着过往过日子，不如看开看淡，扎扎实实走好每一步。有一句话是：放下从来不是成长的代价，放下就是成长本身。放下了，我们就成长了，面对了，我们就坚强了。不论结果如何，因为我们的结果都一样，房子再豪华，到老也带不走；车子再贵重，死后一切成空。

勒·克莱齐奥说：人间的事往往如此，当时提起痛不欲生，几年之后，也不过是一场回忆而已。昨天的事情到了今天已经成为过往，无需纠结得失。

在乌鸦的世界里，天鹅是有罪的。我们不可能让所有人满意，符合他们的利益，但我们能做的是无愧良心和公德，相信一切都会好的，一切都会过去。有人说，职场不讲正确与否，讲的是输赢，而对于人生来说，也没有输赢，时间到了，我们就要离开人间。

因此，不用在乎谁的看法和想法，自己活得安心就好；不用去看别人的拥有和成功，踏踏实实前行就好。其实，没有人天生豁达，所有的豁达，都是让自己心宽一点，看开一点，你的视野才会广阔，你的人生才会绚烂。思维和格局告诉我们，你的心是什么样，你的世界就是什么样。当你足够有韧性，足够乐观，足够豁达，没有谁能轻易伤得了你。

人，这辈子，如果事事都如愿，就不叫人生。人生说长不过百年，但大多数人过不到，因此，面对余生，睡前原谅一切，醒来不问过往，坚强一点，坚持下去，你会拥有更多。

我想要的状态

前几日，爱心社几位同事跟我聊天，我们聊完了爱心社的事情，就聊起各自的生活和工作，大家都在感叹生活的不容易，压力山大，家永问我回集团工作的情况，我告诉他说，一个人在世上行走，能让人敬佩，愿意交往，往往不是财富的多少，名声的大小，而是一个人是否有良好的品德，是否有深刻的修养。

如果我们看过《资治通鉴》，书中说："才者，德之资也；德者，才之帅也。"

一个再有才能的人，如果德行不好，也是走不长远的。好的品德，就是一个人刻在骨子里的教养，是一个人灵魂深处的修养。有修养的人往往：遇事不责人，凡事会反思，事事懂感恩。

遇事不责备。老子说："大道之行，不责于人。"一件事能否做成功，不仅在于人事，更在于天命。俗话说："三分靠打拼，七分大注定。"人能够决定的部分是有限的，如果遇到事情不问清原因，先去责怪别人，把责任推给对方，往往会弄巧成拙。我到集团工作，也就是说，从 PC 工厂的副总经理到集团党委副书记，从经营管理一线到职场人心中的"二线"党务工作岗位，从分管一个部门，到哪怕只有 20 个字的通知都要自己"敲"键盘。我跟爱心社的朋友说，我也从过去的布置工作到现在亲力亲为,自己干,这些种种的改变,我在这个岗位要适应,无论谁在这个岗位都要适应,而且还要过得好,干得有劲,我自身的能力本身就独当一面,无论是写文章,做方案,还是去沟通一件事,没什么问题,求人的事情不是很多,工作上求人也不算求人,工作本身就是团队在操作,我仅仅是团队的一名成员罢了,我会尽力做好自己的工作,我不会去抱怨谁不配合、不支持。在我认为,与其抱怨,不如适应,或者干脆放弃,有时主动放弃也算是一种智慧,看看其他有没有让自己满意的。我一直认为,一味委屈自己,自己迟早会生病,得不偿失了。当然,这也要看自身经济实力了。

古语有云:责人先责己。想要指责别人的时候,先想想自己有没有错。总是把眼睛放在别人身上,就很难看到自己的问题。"以责人之心责己,以恕己之心恕人。"喜欢责备别人的人,往往不愿意承担责任,而一个有修养的人,首先就是一个有责任感的人。在生活中,我们要懂得遇事不责备家人,才能家庭和睦;不责备朋友,才能友谊长存;不责备伴侣,才能相濡以沫。

凡事要自省。孔子云:"吾日三省吾身。"人只有在认识自己不足后,才能改进,才能有所收获。一个不懂反省的人,如同井蛙,坐井观天,听不进去别人的建议。久而久之,身边的人就会远离,自身也会诸事不顺。我在许多文章中表达过做事要反省自己,一天下来要去思考一下,哪些事情没考虑周全,哪些事情需要改善,明天计划做什么?我晚上散步也会思考问题,有些感悟也会形成文章,我的《萤火集》《春雨集》就是自我思考的作品汇集,我跟郭主席说,我写文章,写工作生活中的点点滴滴,本身就是我生活中的重要一部分,而且还不能缺失,我计划着

2022 年出版第三本随笔集书名已经想好了，就叫《红叶集》，春节后就"干起来"。

我工作之余主要活动就是散步了，出去应酬不多，也不太喜欢，2021 年出去应酬不到十次吧，陪党委书记参加接待有三次，集团工程院、工程部活动各一次，集团企业文化悦享会活动一次，赴涟水开展送清凉活动一次，与在 PC 工厂人力行政总监任上相比又少了许多。话又说回来，到了年龄，或者到了不同位置，思维方式也要转变，适者生存就是这个道理，但也不强求自己做不喜欢的事情。不卑不亢是我这么多年来一直这么说，一直这么做的，我跟朋友说，我 30 岁、40 岁也没低三下四过谁，现在更不会了。这与自省好像又没什么关系了，但又是不得不说的事情。远大江苏中心领导曾经多次说我是个很自律的领导，我想人不光要自律，也要自省，这种自省不是委屈自己，不是投其所好，更不是一副"奴才相"。

曾国藩曾说过："知己之过失，即自为承认之地，改去毫无吝惜之心，此最难之事。"一个人能知道自己的过错，然后承认并且改正，是最困难的事情。被誉为"千古一完人"的曾国藩，刚刚入朝为官时，不懂得反省自己，性格直来直去，得罪了不少人。后来不断反省自己，提升自己，最终成为一代重臣。君子学问渊博，每日反省自己，才能做到通达，为人处世不出错。平常的人，史应该不断反省自己的言行，审视自己的内心，才能在纷繁复杂的世界中，保持内心的清明自在。

一个人的修养，往往不是体现在出众的外表、轰轰烈烈的大事上，它就藏在你的每一个细节，在你的举手投足之间。可能是一句简单的问候，也可能是一个小小的善行，一个暖暖的微笑，都是爱和温暖的传递，也都是一个人修养的体现。

愿你我能内心坦荡，心怀感恩，做个让人如沐春风的人。有道是，衣食住行，皆是修行。人生如碗，真正有智慧的人：盛得下山珍海味，装得了粗茶淡饭。这就是我要的状态。

人要学会当自己的医生

前几日，我召集会议专题讨论一个活动方案。会上，有一位领导对方案提出了不同意见，我听了以后顿时觉得他说得有道理，当场表示会后进一步修改完善。会议结束后，我和总经济师一同商量修改，然后走审批流程印发下去了。

后来，一位领导说我即行即改，值得学习。我笑着对他说，人要学会当自己的医生。古人云："知人者智，自知者明。"但在我们日常工作、生活中，总有一部分人习惯以圣人、教师爷自居，喜欢对他人品头论足，对自己的毛病却视而不见，有的自认为了不起。我们应该明白，众生皆非完美，每个人难免都会犯错。不要总盯着别人的缺点，学会从自己身上找原因，学会给自己"看病"，当自己的医生。我想，只有经常审视自己，才能够真正认识自己。

善于发现自己的"病"。前段时间，好友发来一篇学习心得，谈到自己是一切问题的根源。古人云："知不知，尚矣；不知知，病也。"金无足赤，人无完人。世间之人，皆有缺点。而最大的缺点莫过于不自知。遇到问题，就知道责怪他人，不从自己身上找原因，那你的人生智慧止步不前。只有反躬自省，善于发现自己的"毛病"，并积极去改变，才能成为更好的自己。有的人喜欢拿自己的所谓的优点去跟别人的缺点比，有人喜欢写点东西，就自诩"作家"，人前人后喜欢标榜自己，甚至觉得所言所语都是正确的，殊不知你的那些东西，对周围的人来说，不值一提。有些人喜欢"贪功"，明明是别人的劳动，喜欢在老板面前说成自己的，或者夸大自己的作用。有的在员工转正、提拔、入党中过度渲染放大个人的作用，甚至"敲诈"当事人请客送礼，有的热衷于迎来送往，工作上没心思，得过且过，谈喝酒精神抖擞……凡此种种，都是有病的表现，而自己却毫无知觉，甚是可怕。

客观审视自己的"病"。审视自己，如同对镜自照。照镜子难能可贵的是，看得到自身的亮点，更细览自身的瑕疵。"多言数穷，不如守中。"老子告诉我们要管住自己的嘴，言多必失。人们常说："病从口入，祸从口出。"很多人说话总是口无遮拦，从不顾及他人的感受。殊不知，这样不仅会伤害到他人，也会招惹是非。口是伤人斧，言是割舌刀。能看到自己言行上的"毛病"，管好自己的嘴巴，才能守住福气。有些人说话喜欢把话摆在别人的话上面，以此衬托起自己的位置或者影响力，其实不然，俗话说，好猫不叫，有理不在声高，都在告诫我们谨言。有的人是没什么朋友的，任何人能够走到一起终归是源于人品或者价值观的一致，有些人即使做领导也没有下属跟随，我有一次在员工培训时说过，有的领导就喜欢侵害下属利益。作为领导要为下属工作提供支持，解决工作生活中的困难，这样才有可能让下属成为朋友，才会提醒你在工作中的不足，避免自以为是，刚愎自用，甚至遭到大家的反感。现代职场人对人的反感，早已不是当面提意见了。今年出版的随笔《春雨集》中，就有我在工作、生活中的对遇见各种"病"和"治疗"建议的"处方"。

　　当好自己的"医生"。遇到事情，首先从自己身上找原因，是一个人最大的修养。人活于世，最了解自己的是自己，而最好的"医生"也是自己。能看到自己的身上的"病"，并加以改正，人生才会越来越精彩。从今天开始，从现在开始，审视自己，不断提升自己。当你改掉自己的缺点，你就会变得强大，属于你的美好定会蜂拥而至。任何工作都讲究门道的，哪怕是请客吃饭的小事，你如果考虑不周，也会引起矛盾，即使是赴宴的人也会不高兴。然这些，对于有些人，既发现不了自己有病，也不知道周围人对他看法的改变，还活在自我认知之中，有些人就疑问了，难道是不知，还是故意装作不知，甚至责备他人，可叹、可悲。人贵在知自己，知他人。有人说，"静、忍、让、淡"是待人处事之道，静就是少说话，多倾听。忍就是面对不公平，不随意发泄，沉得住气。让就是原则不退让，小事讲风格，谦虚听。淡就是看淡一切，看开一切，做好自己。

　　现实工作生活中，唯有自省，人才会变得克己谨慎，不断反思审视自身的过失，真正去纠正错误、解决问题，避免小过失发展成大错误。要以"吾日三省吾身"的精神，反躬自省自身的规则意识、道德品行、言行举止，在自省中知敬畏、受警醒、明方向，我们就将在自我约束中不断实现自我完善，进而共同提升社会文明的水位。

读书使人明智，经历让人丰盈

用生活的经历去读书，用读书的眼睛看生活。离开了工作十年的金莲纸业，至今也有好多年了，在职时就说过，等离开了一定要写一篇在金莲纸业工作的文章，然这么多年一直忙于生计，写作构思虽从未停步，毕竟十年虽说不长，但也不短了。

今年是中国共产党建党一百周年，我正好又在集团担任党委副书记，前段时间回忆了金莲纸业成立党委的前前后后，并写成了文章。时任分管领导才祥看到微信公众号推出了，跟我说，往事如烟，向前看。我告诉他，我写过往，就是为了更好地向前方，我在为明年出版第三部书《红叶集》做准备。

记得老领导说过，经历与读书向来应该是相辅相成的关系。有时真实的生活经历能在很大程度上弥补知识的单薄。刚刚退伍回来，就进入社会的我，紧跟领导后面学习。这么多年又在淮安区企业工作，感悟也很深。

靠人不如靠己。我们经常说，靠山山会倒，靠人人会跑。总是依赖别人，把一切希望寄托在别人身上，最终绝望会比希望大。每个人都有自己的生活要去过，别人就算好心能最大限度地帮助我们，那也是帮得了一时，帮不了一世。终归，我们得靠自己。靠自己是对自己的认可，也是对自己的挑战。试着自己解决困难，便会发现，原来自己比想象中要优秀。我刚到金莲纸业行政大楼时，一切都是陌生的，还好才祥书记把我安排跟他一个办公室，其实他办公室也不是很宽敞，是三个副总经理一起办公，不过生产副总不经常在办公室，我就用他的桌子，不久我有了自己的办公室，刚接触党务工作，也是陌生的，还好才祥是老党务，那时县经委党委办主任邹坚也是老党务，有了这两位领导的"传帮带"，我很快进入角色了，各方面工作能独当一面。多年来，我经常跟人谈起这段往事，师傅领进门，修行靠个人。

有的人一辈子有好多机会，却一次没抓住，有的人一次机会就能改变自己的人生，前几日，有朋友告诉我说，最近老张在张罗什么联谊会，问我参加了没有？我说，我没时间参加。老张，是我十年前就熟悉的人，我说他，现在还在干着十年前干的事情。还与主管、文员打得"火热"，而十年前的那帮文员、主管，大多数已经成为企业的经理、副总了。

少说多干。我在金莲纸业工作，刚进去时是在车间和保卫科工作了大约 3 年时间，在车间担任造纸操作工，一开始就觉得很委屈，有战友告诉我，当了四年兵，扛了四年枪，最后进了企业，还要去车间。既然技术不想学，车间主任就安排我打扫车间，不久就到保卫科了，算是行政部门的二线部门了吧。当时有的职工还挺羡慕我的，我既不是老职工子女，也不是有关系、有背景的人，能去保卫科脱离生产一线算是幸福的了。不久就去了党务办，那时公司党组织建制是党总支部，到 2003 年 12 月才成立党委，也就有了党委办，我也是首任党委办副主任，没有设主任。我无论在什么岗位，都时刻提醒自己，要少说多干，有事就忙，尽量为领导考虑周全了，主动分忧，尽量不给领导添乱，开展党员学习、外出参观、文体活动等，都组织得非常好，领导也经常提醒我，哪些细节要考虑进去。我就是没事，我也不会串门，去八卦谁，我就在办公室写写文章，向金湖电台、报社投稿，那段时间，晚上走在街上经常听到电台播报："本台通讯员涂怀军报道：金莲纸业……"由于是新人，脚跟不稳，有时也受到排挤，加上部门是清水衙门，也不太受待见。记得有一次，办公室一位科长来了客人，就拿我的水杯给客人倒水。我从车间回来后发现了，我立即把水杯扔到外面的晒台上，科长听到"哐当"一声，气得全身发抖，指着我说，年轻人，太麻木了。后来，有人告诉我说，那天这栋楼震惊了，老板知道了，才祥书记知道了。不久，一切又恢复了往日安静。

多年后，我在 F 公司担任人力行政总监，跟员工培训时说过："当你觉得老天对你不公的时候，别急着抱怨，因为这样只会削弱你的意志，消磨你的斗志，最坏的结果还有可能让你一蹶不振。积极乐观、踏实做事的人才更容易赢得精彩的人生。等你自己有了实力，等你自己有了人脉，等你自己变得更优秀的时候，才会发现话语权就在自己的手中。少说话多做事，努力才会有光明的未来，世间一切都是公平的。"我鼓励初入职场的年轻人要多干活，学本领，只有自身硬了，周围人才会高看一眼。

别低估任何人。人性中最大的丑恶不是自私，不是贪婪，不是虚伪，也不是狂妄，而是为难他人，尤其是获得某种利益和权力以后，变着法子尽可能为难可以为难到的人。我在金莲纸业党务岗位，定位是服务党员职工的。那时，公司发展党员，上半年、下半年都有，就入党一套材料就经常晚上加班，还有党内年报工作，党员学历结构、年龄结构等都要弄得清清楚楚，邹坚经常表扬我们公司提供的材料准确无误。有的部门对我沟通的事情不屑一顾，尤其是部门负责人不是党员的领导，甚至党委的文件送上门了，还不肯签收，说自己党外人士，不要文件。遇到这种情况，我只是赔着笑脸，请他签收。不久，有新闻在公司传播了，这个部门正副职都犯罪了，他们都不是党员，检察院早上一上班就来公司查了他的办公室，强行打开了办公桌，带走了不少东西。后来检察院去他们家检查时，党委专门安排我陪同，再后来法院开庭时，我又去旁听了。我一直在想，无论是不是党员，都不能忘记读书学习，不能忘记世界观的改造，守住廉洁关就是人生的总开关。

对一个人轻易妄下定论是非常狭隘的，而低估别人亦如此。不低估别人既是对别人的尊重，更是自己努力奋斗的理由。别用今天你看到的现状去判断任何人的未来，毕竟，他人的潜力你无法预料。别低估任何人，包括你自己。相信自己，你是独一无二的你。同样在 F 公司，有人污蔑我，写信向纪委、组织部门反映我违纪违规，又不敢署名。最后组织上调查结论是，所反映与事实不符。其实我心里清楚，是特定利益既得者搞的小动作，这些龌龊举动是见不得阳光的。

学会宽恕别人。佛言：因为懂得，所以慈悲。每个人都会有犯错的时候，只要不越过你的底线，都有被原谅的资格。对于别人的错误，要懂得宽恕；对于自己的错误，要敢于承认。对不喜欢的人，报之以微笑，默默远离就好；对喜欢的人，真情流露、真诚相待就好。宽恕别人的同时，也请宽恕自己。做一个温和大度懂感恩之人，未来的路会越来越好走。在工作中，时常听到一些人说三道四，我不喜欢听，也没必要听，我不听就意味着宽容他人。我始终认为，我就是我，你诋毁不来，更模仿不了，你真有那个诋毁别人的时间，不如去想想怎么样提高自己做人做事的水平。

精明不如厚道。俗话说，小胜靠智，大胜靠德。做人不必太过精明，太过算计，做一个厚道有福之人终有善报。厚道之人，因常怀一颗雅量包容之心，能常为他人着想，待人宽厚；所以，更容易赢得别人的尊重，赢得别人的欣赏，也自有贵人相助。反而那些太过精明，太会算计的人，往往只顾眼前，最后得不偿失。

厚道之人必有厚福。做人，还是厚道点好。没有过不去的坎。人生不如意之事十有八九，但在生死面前，任何事情都显得如此渺小。作为旁观者时，看到他人的不幸时，我们总会想，如果这苦难要是落到我头上，我一定受不住。可是当事情真的降临到自己身上时，只要没有把人瞬间湮灭，人总能跌跌撞撞地走下去。再苦再难的日子，一步步慢慢走终会有柳暗花明的一天。只要面向阳光，阴影就永远在我们的背后。匍匐得久了，眼中的万物都成翻不过去的山；站起来迈开步子，再高的山也会在脚下。

读书使人明智，经历让人丰盈。日子是自己的，好好读书，认真生活，如有兴趣再去写书、出书，不负年华，活出自己想要的样子。最后，用好友简书记在赏读我的《春雨集》后写的感言结束：

春雨霏霏花烂漫，涓涓随笔溢才情。

真知灼见频频现，壮志雄心脆脆鸣。

尤赞箴言多警醒，更唏傲骨不逢迎。

征途坎坷歌骁勇，豪迈人生阔步行。

让读书成为一种习惯

我们要懂得，年轻时读书学习是为了将来有更多的选择权，选择你喜欢的工作，热爱的事业。

——题记

2021年9月30日下午，集团举办悦享会。这次悦享会最早是在今年6月29日我和党委书记出差苏州返程途中我们交谈聊天，聊到我6月中旬出版的第二本随笔集《春雨集》，准备举办阅读分享会时，党委书记说，就安排在集团举办吧。

后来，我和行政副总经理多次商量悦享会的事情，集团下半年工作十分繁忙，几次提起又放下了，直到9月22日，中秋节放假后第一个工作日，我在书记办公室商量，这才把悦享会的时间确定了，安排在9月30日下午，明确我牵头负责这项工作，规格提高了，参与分享人员也增加了。26日下午，我就出差无锡了，29日晚上回淮，其间就悦享会有关具体细节与书记、行政部密切沟通。

这次活动，我和大家一样期盼已久，相当期待。我和另外3位同事，从不同角度作分享交流。今年是中国共产党建党100周年，新中国成立72周年，用读书分享交流的形式来庆祝意义更大。党委书记对我这本《春雨集》给予高度评价，充满正能量，通俗易懂，值得一看。集团青年文化社100人，人手一本认真学习阅读。也有不少同事写了学习体会。

在我印象中，国家在好多年前就出台文件提出，鼓励职工多学习，着力打造、建设学习型组织，学习型职工。倡导全民阅读的氛围越来越浓，职工书屋建设，也为职工阅读提供了平台。我家书橱各种书籍也有上千册，大多数是工具书和理论类的读物，我和孩子有空就在书房看书，现在孩子工作了，我还经常要求他，工作再忙，也要挤出时间看书，看书是乐趣，是陶冶情操，是修身养性。

爱读书，把读书当作一辈子不可辜负的事情。只有读书，是思想的洗礼、心灵的碰撞，可以调适我们的内心、丰盈我们的灵魂。要我来说，最不能辜负的还是读书。宋代黄庭坚说："一日不读书，尘生其中；两日不读书，言语乏味；三日不读书，面目可憎。"说到这里，我想到了毛主席，他老人家就是爱读书的典范。毛主席有过这样一句经典的话："饭可以一日不吃，觉可以一日不睡，书不可以一日不读。"他老人家一生嗜书如命，几乎是手不释卷。临终前，已83岁高龄的他虽已说不出话来，但脑子却很清醒，离世前8小时仍然在坚持看书。毛主席的这种读书精神，值得我们每一个人学习。

读好书，在读万卷好书中日行万里、长风破浪。要选择性地读书，不能饥不择食，捡到篮子就是菜，不能看到什么书就读什么书，必须有目的性、有选择性。为什么要这样呢？大家知道，我们现在处于一个知识爆炸的时代。据统计，近十年人类知识的总量已经超过了以往2000年的总和，并以每十年至二十年翻一番的速度不断增长。据说，全球平均每天发表的论文就有1万余篇，也就是说，每 30 秒就有一篇论文问世。特别是近年来，随着互联网的普及，微信、微博、抖音、快手等传播手段日新月异，知识、信息、影像等的传播从来没有像今天这样迅速。现在，大家的生活条件好了，读书的人却少了，因此要想有长远的发展，我们就要克服浮躁心理，去认认真真读好书。

善读书，做一个"尽信书则不如无书"的读书人。读书不是为了装点门面、图个好看，而要学会用所读的知识去指导实践、解决问题。我们强调读书的功效，就不能过度地依赖书本，不能搞本本主义，而要辩证地看待读书，看待书本知识，要学会去粗取精、去伪存真、由此及彼、由表及里。记得曾经有一位学者说过：一个人的精神发育史，应该是一个人的阅读史，而一个民族的精神境界，在很大程度上取决于全民族的阅读水平；一个社会到底是向上提升还是向下沉沦，就看阅读能植根多深，一个国家谁在看书，看哪些书，就决定了这个国家的未来。读书不仅仅影响到个人，还影响到整个民族，整个社会。

能写书，做一个播撒阳光的人。莎士比亚说过，生活里没有书籍，就好像没有阳光；智慧里没有书籍，就好像鸟儿没有翅膀。我在高中时就喜欢写写，那时学校有个广播站，班级团支部都有稿件任务，我就经常写稿，广播里经常听到我的名字，后来到部队锻炼了，团政治处有训练简报，我也喜欢投稿。退役后进了企业工作，在公司党委负责党务工作，写稿就是我的必修课了，金湖报上经常看到我的"豆腐块"，心里总是乐滋滋的，有时还拿给书记看，告诉他我发表文章了，稿费虽然不多，但我不是奔着稿费去的，算是乐趣和情操吧。2019 年 8 月我出版了《萤火集》，其中好多文章都零散发表在《班组天地》《工会信息》《江苏经理人》等杂志上，收录时我还专门抽空修改，尽量完美。写书的过程，也是一次再学习，再思考的过程，要求更高。2021 年 6 月出版了第二本随笔集《春雨集》，在我心里，我就是要努力做一个播撒阳光的人。

　　阅读与学习只有进行时，没有完成时。我们要把读书当成一种习惯、作为一种责任，持之以恒地读书学习，努力让自己的心灵得到成长、精神得到发育、情感得到慰藉、生活得到充实。

那些职业经理人的故事

  2020 年 4 月，我离开工作多年的淮安，赴外地一家公司担任副总经理，一天晚上，我刚刚处理完手上的工作，看到微信朋友圈好友张慌经理发信息说，他最近在思考一个问题，不得其解，想探讨一下。许多朋友顿时提起了精神，纷纷问他是什么事情让他困惑良久？

  FH 公司是一家卫生设备制造民营企业，是由当地三家实力企业主联合创立的，因投资规模较大，在当地有一定的影响力，社会高度关注。公司最近几年，效益一直不是太好，有客观存在的问题，也有市场的因素，但是他和部分员工认为，公司高管变动频繁也是公司业绩上不去的重要原因之一。

  公司在 2016 年下半年开始陆陆续续招人，逐渐走向正常的生产经营的，可 4 年左右时间，公司高管陆续离职，让员工心里就不踏实了，2018 年国庆前生产部副经理刘然黯然离职，2020 年元旦刚过没几天，行政经理老余离职，随后生产部汪经理离职，目前就剩财务部于经理在岗了，总经理黄埔是股东方推荐担任，主持日常全面工作，4 个高管离职 3 个，不得不说让人唏嘘、惊诧不已，员工私下也有议论，谣言满天飞。

  从事企业生产经营的都明白，公司经营层的稳定，对于公司经营发展至关重要，在单打独斗已成过往的今天，需要依靠团队去创市场赢天下，核心团队已经显得至关重要，而核心团队的"领头雁"，总经理这个职位显得更重要，尤其是识人、用人的格局。

张经理谈起刘然离职的情形，还历历在目。

刘然离职前是有预兆的，2018 年 9 月他那段时间心情很消沉，以往很早到办公室，现在也是姗姗来迟，办公室其他员工感觉不对劲，但又不好说，毕竟是领导，工作积极性不高，应付处理生产上一些事务，对提高工资待遇的期望也下降了，只字不提，家里开销大，两个孩子都是夫人在带，有一次喝酒多了，是被同事搀扶到宿舍的，到了宿舍就嚎嚎大哭起来，一个男人已经不顾眼前有没有人了，在诉说压抑和不爽，可想而知心里那块石头究竟有多重了？

次日上午，行政余经理把昨晚喝酒后发生的事情如实向总经理黄埔汇报，黄埔是位 90 后，算是富二代吧，听了汇报后很镇定，平静地说："想走就走吧，你抓紧时间再招一个副经理补上，对了，上次张总监推荐的一个人选，你联系看看来不来，听说家是贵州的。"

"一周后，刘然办理了工作移交，离职了。一个月后，原生产系统提拔了常主管担任了副经理，有人说，这位常主管和汪经理关系很到位，其实刘然入职公司，也是汪经理介绍来的，有人听说后来利益处理时出现了矛盾。不然，刘然喝醉了说的话，大家都知道说的都是汪经理和黄埔总经理的不是呢。"张经理说道。

行政经理老余离职，就更蹊跷了，那是 2020 年元旦过后的事情了。离职的"风"是从底下刮上来的。一年一度的年会和总结表彰大会各项筹备工作是老余牵头负责的，今年是他第四年负责年会和总结表彰大会筹备工作，用他的话说，虽然一年比一年人多，一年比一年辛苦，但质量一年比一年好，也是一年比一年有获得感。累并快乐着，是余经理团队一班人的自我调侃。那年年会结束第三天，在家休息的余经理就接到集团董事会鲁秘书要求他去集团谈话的通知，余经理接到电话并不感到意外，因为在一个月前，公司员工背地里也在议论余经理有可能要走，快的话是年会后，最迟是春节后离职。

员工的议论不是空穴来风，员工构成也很复杂，股东方都有亲戚在公司工作，还有一个重要因素，就是有人匿名向当地纪委举报了余经理，主要是 3 个方面的内容，一是违反中央八项规定，吃拿卡要；二是公车私用；三是忽悠黄埔总经理。匿名信被转到开发区党工委要求彻查。据说，组织部门也收到了匿名信。余经理的党员组织关系尽管不在工作地管理，但为了慎重起见，开发区谨慎处理，先后约谈了多人，走访了余经理的协作单位有关人员。最后，开发区回复纪委的材料结论是：所反映的问题不实。

对于这封匿名信，在公司员工中，尤其在办公楼上广为传播，黄埔十分气愤，他认为，举报余经理的匿名信虽然没有查到实际违纪违规行为，但对公司造成了一定的负面影响。余经理也要求分管部门彻底去查，但毫无进展。后来还约谈当地公安部门请求立案，他们表示无法查。

余经理的离职与匿名信不无关系，有人说，余总性格强势，黄埔看不惯，有人就利用了这点做文章，有人还记得半年前发生的工人"罢工"反映诉求的事情，还是余经理果断处理的。匿名信的目的就是要把余经理搞臭、搞走，也有人认为，这是高管之间矛盾，有人要栽赃余经理，黄埔默认的。还有人说也有可能是黄埔自导自演的，不然，黄埔怎么不在公司彻查谁写匿名信的，而是在指责余经理给公司造成了负面影响，并相信匿名信内容。开发区一位资深纪检干部说，匿名信大多是诬告信，不足信。现在都提倡实名举报，这样也有利于纪检部门查清案件。纪检在查处案件时，也是对党员干部的"政治"体检，查出了许多"贪官"，受到了惩处，也查出了不少"清官"，受到了褒奖，甚至提拔重用。

早在年会前一周，集团那边传出小道消息，董事长办公室也收到了一封匿名信，当日上午，匿名信就被人拍照传到了公司部分员工手机上，余经理也听说匿名信的事，但不知具体内容，没人告诉他。在余经理看来，手上那么多的工作要去处理，一切随他去吧，假的真不了，真的假不了。

后来，黄埔让余经理拿出一个下半年员工生日会没有举办的情况说明，每人补发 100 元作为生日慰问金。人力资源部猜测这肯定与董事长办公室收到的匿名信有关。

余经理被叫去集团谈话，很有仪式感，鲁秘书宣布公司文件，余经理被告知"罪状"是：员工招聘不力，影响了公司生产，还有行政管理存在短板，决定调整到生产部担任经理助理。谈话中，没有列举任何具体事例。后来，集团一位主管说，这个调岗理由太牵强，放之四海皆准，欲加之罪何患无辞。有些人私下说，听传鲁秘书说，即使公司赔钱，也要让余经理走人。

这就是职场，办公室政治，"杜拉拉"现实版的写照，不管匿名信的内容是否存在，已经不重要了，结果就是余经理"出局"了，而且从谈话到"出局"，不到 3 天时间，可见"对手"

心里很急，其实老余心里清楚，他的离职与黄埔有直接的关系。无论周围人如何说三道四，最终是要黄埔拍板的。

说到汪经理，他入职公司要比余经理早半个月左右，有人说他是股东方派来的，也有人说是集团推荐的，公司是个股份制的企业，几家股东自然也有一些话语权。

汪经理刚到不久，员工们就认为他很牛，在公司属于重量级的人物，其他经理不会跟他多啰嗦什么，因为这些经理的薪资只是汪经理的 60% 不到，甚至还有人说拿着白菜的薪水，操着卖白粉的心，不值得。

汪经理的离职也是有预兆的，许多员工私下也"八卦"了，有一次黄埔在外地学习，便委托财务于经理主持工作，大家认为有点不靠谱，对于生产型企业来说，生产部经理是有许多话语权的，财务部是弄钱、管钱的，对内不直接与员工发生工作关系，对员工状况不熟悉。对外涉及面也有限，主要是金融税务部门。尽管汪经理非常生气，但没办法，毕竟这是黄埔拍板的事情。但他隐隐感到，自己已经被边缘化了。职场"冷暴力"，也叫坐冷板凳，许多职场人遇到过，心情很复杂，鬼都不上门的那种。

眼看"七一"要到了，汪经理心里乐滋滋的，因为他今年要入党了，去年他就问了余经理，今年入党条件是不是成熟了，余经理兼任公司党支部书记，告诉他应该没问题的。然而，到了 6 月中旬，"天"变了，他被黄埔告知，今年不能入党了，接到反映他的材料，董事会研究认为不合适了。汪经理说，当听到消息时懵了，怎么会这样？去年黄埔说得很明确的事情呀。有人说，黄埔总喜欢扛着董事长的大旗，忽悠下边。汪经理打电话给开发区分管领导，而分管领导也很直接，说你们公司认为你不合适，提出其他人选，我们认为也可以，符合条件。放下电话，汪经理彻底死心了，入党已经不可能了。

这时，汪经理心里清楚，他的位置岌岌可危，往日的风光已经不在了，他从员工看他的眼神已经十分清楚了。一周后，发生了关于他的人事调整，他被"提拔"了，职务是营销总监，分管市场服务部，免去生产部经理职务，任职前的谈话，很苦涩，不是征求意见，说白了就是知会一声，这一点跟对余经理的手段一样，就是调部门、调整岗位，不同的是余经理是降职，汪经理是提拔。尽管他一再表示，原本就是从事生产管理的，希望继续在经理的位置上，但对方说他，汪经理干得非常棒，提拔你到更重要的位置上，是信任，是肯定。大约一个小时的谈话，汪经理记不清是怎么走出会议室的，说了什么，也记不得了，脑子里很乱。就在同一天，新任经理空降入职了，集团派来的，而且彼此还熟悉。汪经理不知道的是，这次新经理空降还有一个特殊"使命"，就是逼他走人，这是黄埔亲自交代的"任务"。

一天临下班，汪经理接到黄埔通知，说集团副总裁来公司，要他参加接待。尽管他很不情愿，但不去不行，2018年整整一年，高管没在一起吃过饭，大家心里很清楚其中的缘由，高管就是"高"，谁也不去挑明。这天晚餐非常丰盛，美女副总裁到来，给包间增色不少，汪经理紧挨着黄埔落座，这种内部接待场合他一般不喝酒，尽管酒量不少于一斤，每次都是以开车为由拒绝了，大家也不敢再劝。席间，推杯换盏，十分尽兴，汪经理端起酒杯敬酒黄埔总，黄埔端起水杯自然也很配合说："江总，分管市场服务部，辛苦了！我敬你！"喝完酒，黄埔要汪总3个工作日拿出一个公司3年的营销方案。今晚酒真的喝多了，汪总拉着黄埔总表忠心说："劳动合同到年底到期了，如果黄埔总再给3年机会，我一定会……"桌上其他人，面面相觑地看着汪总。"太失态了，赶快让人搀扶他去宿舍休息。"有人说，汪总喝多了，会不会像刘副经理那样痛哭流涕呀？没有人应答，只听到一阵爽朗的笑声。

春节后，公司已经看不到汪总的身影了，有人说他去面试了，有人说他在项目上，也有人说他在外面应酬，也许去歌厅能找到他。月底，公司里已经看不到汪总的身影了，因为他离职了，和刘副经理、余经理离职时一样，黄埔没有设宴送行，一切都那么平静和自然。他下一站去哪里，已经没人去关心，毕竟在FH公司服务结束了。

后来听人说，刘然去了安徽一家企业做了副总经理，再后来，又去了深圳发展了。余经理，春节后去盐城一家纺织企业担任副总经理了。后来据说，汪总去北京一家公司了，混得不怎么样，好像又回江苏了……再后来，他们在"江湖"上的故事，都不太清楚了，也很少有人去关注了，因为，你在职时无论做得再优秀，离职就犹如秋风扫落叶，意味着无数个过往都被一笔勾销了。

FH公司创始高管团队在不到4年的时间，就这样"散伙"了。这在公司上下造成了一定的负面影响，在员工中产生了负面情绪。一位资深人力资源专家评价道，这家公司的黄埔总是有责任的，他没有发挥"领头雁"的作用，格局太小，不能正确对待自身能力的不足。也有人说黄埔是"明君"，但更多的认为，这是黄埔出于个人目的有计划的行动，就是不允许"诸侯"做大，难以驾驭吧，但不管如何，结果是最好的"答案"。

纵观企业的发展，许多企业一把手喜欢搞政治，在日常管理中，"帝王"思想也表现得淋漓尽致，认为在他的一亩三分地，拥有至高无上的权力。有人说，职场就是一场"宫斗戏"，往往表扬的是溜须拍马的，提拔的是指鹿为马的，忽略的是当牛做马的，专治单枪匹马的。

其实，高管虽是高级职业经理人，扮演着"操盘手"的角色，也是资本手上一枚"棋子"而已，从这里我们有可以看出，高管的离职本质上与能力无关。在企业管理界，有人说，不要做一个有能力的人，要做一个有本事的人，有能力是智商高，有本事是智商加情商，有能力的人，解决问题，可往往历史上，许多人物的经历告诉我们，解决问题的，最后被人解决了，例如韩信，岳飞。有本事的人，既能解决问题，又能全身而退，既能建功立业，又能保全自己，如范黎、张良，名满天下，功成身退，这叫最高境界，说起来容易，做起来就不简单了。智商高的成绩好，情商高的却混得好，这就是职场，许多老板也很喜欢"小人"，"小人"算计人是一把好手。因为小人不顾廉耻，下三滥的事情，仁义道德的人是做不来的，就是一般人常人也做不来。

再回头看，一个企业主或一个企业家，是不是成功，不是看他住什么房，开什么车，而是看他身边人住什么房，开什么车。如果他让身边的住上好房，开上了好车，他基本上算是成功的企业家，他能助人成功，其他人也助他成功，这是一个企业家的胸怀。一个卓越的领导人，更重要的是要看你能团结多少人才，因为相信，愿意跟着你一路走来，走向远方。

在竞争日益激烈的今天，没有卓越的领导力，尤其是企业一把手，是无法带领企业获得竞争优势的，企业增加效益，持续发展，员工增加收入，获得成长，这些都将是天方夜谭。任何优秀的企业，其内部必须有一个稳定、具有创造力的经营管理层，并与之配套的价值体系，才能立于市场不败之地，创造更加美好灿烂、合作共赢的辉煌未来。（文中人物均为化名）

有意思有意义有价值

前几日，我在我的抖音号上传"有意思有意义有价值是我做事坚守的理念"。后来，有许多人问我，怎么理解这"三有"？

人生之路，坎坎坷坷。总是希望人生有辉煌，当老了回首往事眼前总能浮现起一二点金灿灿的辉煌。然而这辉煌，往往犹如昙花一现，无法亘古灿烂。"三日必省吾身"。人需要经常静下心来，凝神这个世界，审视自己的灵魂。

无奈，生活总会给我们太多的措手不及，来不及等待，来不及说再见。你甚至不知道在哪一个路口会遇到谁？又会和谁道别？也不知道，明天和意外哪一个先至。因此，活在当下，过好每一天，有品质的生活，这该是我们的目标。

有意思，就是有情趣，有趣味，更多是从心理需求方面去考量。在我们淮安有句口头禅，"吃饭不掼蛋，等于没吃饭"。吃饭前掼蛋，就是有意思的活动，大家兴致勃勃弄上"几杠"十分惬意，等吃饭坐上桌了，还饶有兴趣谈掼蛋的乐趣。还有企业经常举办文体活动，有些项目职工们会积极参与，因为在职工看来，有意思，很开心。我平时写点文章，也觉得很有意思，动笔之前要酝酿几天，真正等打开电脑敲起键盘，几乎是一气呵成，胸有成竹一篇文章就出来了。因为，在我看来，写自己想写的人和事，就是兴趣，就是乐趣，就有意思。有的人把聊天也当作有意思的事情，只要你愿意，那就聊吧。不过，祸从口出，有时也会变得毫无意思，甚至惹火烧身了。

再说有意义，就是有积极的作用，更多是从社会层面去考量。比如，从大的方面说，今年在全党开展的党史学习教育，就是一项有意义的工作，今年是中国共产党百年华诞，在'两个一百年'奋斗目标历史交汇的关键节点，在全党集中开展党史学习教育，正当其时、十分必要，意义重大。深入开展党史学习教育，感悟百年党史，汲取奋进力量，就是要教育引导全党在开启新征程的关键时刻，继续发扬彻底的革命精神，坚持全面从严治党永远在路上，保持"赶考"的清醒，以新时代党的自我革命引领新的伟大社会革命。再从小的方面说，企业搞内部改革，推进管理、经营水平再上台阶，这也是有意义的工作，这对于企业发展有着积极的作用，其根本目的在于企业增加效益，职工增加收入，企业健康发展，职工终生就业。对于个人来说，有的人参加抗疫斗争、社会公益事业，救灾抢险等，这些都属于有意义的工作，我20年来坚持无偿献血助人，我觉得也很有意义，也很开心。我2021年7月出版第二本书《春雨集》特别有意义，这是我献给党百年华诞的礼物。

最后说一下，有价值，就是有经济效益，更多的是从经济层面去考量。这个好理解，我在淮安区工作这么多年，有两件事是坚决不做的，一是请客，二是借钱。请客就是投资，既然是投资就要有回报，送礼是对上的或者说对于自己有价值的人，比如说有人帮你解决困难了，你得感谢人家，就应该通过包括请客来表达谢意，但请客不是唯一的方式，也可以送给人家一些有意义的礼物。同事之间工作上互相配合就好，"打工人"养家糊口都不容易，我很反感有些领导喜欢"抬高"自己，向下属"敲竹杠"，还搞出很多"名目"，什么转正、入党、提拔、评先等，总之能想到的"理由"都想到了，话又说回来，你在人家转正、入党、提拔、评先上发挥决定性作用吗？有的人被迫"请客"，花钱消灾以求平安。我儿子说他们同事周末有时聚餐都是AA制，这样也挺好，互不相欠。这么多年，对于一般的宴请，我是不去的，记得在F公司，有家劳务外包公司想请我聚聚，特意委托厂长在我办公室游说，最终我也没去。人家挣钱也不容易，不给人家增加负担，工作干好了就行了，宴请就不必了。再说借钱，我觉得同事之间最好不要有经济往来，不少人力专家也发表过类似的观点，如果同事关系升华到朋友关系，另作别论了。君子之交淡如水。职场就是工作的场所，职场人有必要把工作和生活分开，这样对大家都很轻松，清爽，也很纯粹。我从不向同事，尤其是下属借钱，当然也不借钱给同事，我也缺钱，但我能控制欲望。员工真的遇到困难了，应该找单位，找工会。我出《春雨集》，如果说谈经济价值还要贴钱，但我觉得有意思、有意义，值得去做。而有的人、有的事，我觉得既无意思，也无意义，更无价值，还是不遇、不处、不聊为好。这些，不用别人来告诉我，我对不对。

　　说了这么多，何必想太多，珍惜人生，不去想缘分的深浅，也不去想人生坎坷和挫败，只愿让自己百折不挠生活下去。用阳光的心态，对待每一天日出日落。你只有穿越了生命的沟壑，才能让自己活得更加完美和有价值。即便生活有诸般不如意，依然告诉自己要微笑前行。年龄越大，越愿意回眸那些懵懂的日子了，因为懵懂，所以简单；因为简单，所以快乐。

　　生活在滚滚红尘，很多人都活得没了自我，浑浑噩噩。每一天都不知道自己的人生价值在哪里？意义在哪里？就如戴高乐所说：生活就像剥洋葱，你只能一层剥开一层，有时还会流泪。每一个笑靥的容颜之下，何尝不是裹藏着一个脆弱的灵魂！一边接受着尘世的洗礼，一边还得强颜欢笑。

简单而明了，清晰而透彻，抛却那些物欲横流思想，无论身处何种境地，乐观善良的行走，坚守自己应有的责任感，不让心偏离了人生轨迹，这就是最好。

让每一天都胜过昨天

今天是 2021 年 9 月 30 日，在我的人生中，在我的职业生涯中，都是十分重要的日子。在我心里，特别感谢集团党委书记和集团党委给我为集团发展服务的机会，给我实现梦想和人生价值的机会。

我是淮安金湖人，一名退伍军人，1992 年应征入伍，4 年军营生活让我难忘，并得到了锻炼，战友间那份情谊一辈子都记在心里，一路走来，始终感恩支持我、帮助我的"贵人"。记得刚走进部队，第一堂课就是军史教育，从那时起，对党、对军队有了更深刻的认识。8 个月的新兵连生活结束，我们服从党和国家的需要，有的去了海岛，有的去了高山，到祖国最艰苦、最需要的地方去，去实现军人的价值。我被分配到广空雷达 20 团战勤连，一年后担任连部文书，开始从事文秘工作。1995 年 8 月 25 日，这是终身难忘的日子，我面对着鲜红的党旗宣誓，成为了一名党员，这一年我 23 岁。

1996 年 12 月退伍回到地方，被安置到金莲纸业工作，担任的第一个职务是党委办副主任，跟着才祥书记学做党务工作，学习写作。一干就是十年，工作很快乐，收获也很大。2007 年 11 月，我应聘到民营企业，主管人力行政工作，多次兼任党支部书记、工会主席，我来自"草根"家庭，是从基层一步一个脚印走上集团领导岗位，我理解基层员工的辛苦和所思所想，我都会尽最大努力去帮助他们。2019年，我出版了人生第一本书《萤火集》，这本书收录了我在党务工会和人力行政岗位上许多亲身经历和工作感悟、体会，这一年我们迎来了新中国成立70周年。《萤火集》入选金湖县建县60周年"为祖国喝彩·为家乡自豪"精品图书展。

2020年春节，萌发出版第二本书的想法，并起名《春雨集》，把对党的感情融入在书稿里，许多文章是在这期间写的。10月底，回到集团担任党委副书记，协助党委书记主管党委日常工作。

2021年"七一"前夕，《春雨集》出版了，淮安市图书馆收藏了这本书，这是我献给党百年华诞的礼物。集团党委书记在第一时间翻阅了《春雨集》，给予了较高评价，认为充满正能量，通俗易懂，值得一看，他还要求青年文化社成员人手一本学习。从1992年到2021年，近30年的职业生涯中，无论是如意还是失意，顺境还是逆境，从未忘记自己是名党员和入党时的誓言，勤勉工作。我特别感谢过往工作中，团队的辛勤付出和鼎力支持。

从PC工厂副总经理、党支部书记转岗到集团党委专职副书记，从未气馁，干一行，爱一行，专一行，努力把工作干得精彩，这是新时代职场人的追求和职业操守。2021年以来，集团党委根据上级部署，开展党史学习教育，激发了我们从百年党史中汲取信仰的力量、道德的力量、奋进的力量，践行初心，担当使命。集团党委还组织收看了党中央庆祝中国共产党成立100周年大会。党100年波澜壮阔的历程，带给我们强大的精神力量，鼓舞着我们立足平凡的岗位建功立业。《淮安区报》还多次介绍了集团党委开展党史学习教育的经验、做法。

就在前几天（9 月 26 日至 29 日），中共江苏省委组织部在无锡红豆衫庄举办了全省"两新"组织党务工作者党史学习教育暨专业能力提升示范班。省委组织部、省委党校、省政协文史委等专家教授授课，我作为淮安区唯一代表，非常有幸参加学习培训，通过聆听专家授课、现场观摩、专题讲座、学员论坛，受益匪浅，对于做好今后的集团党建工作信心更足了。党建工作抓实了就是生产力，抓严了就是竞争力，抓细了就是凝聚力。在民营企业做党建，就是要找准党建与企业效益之间的"最大公约数"。一个人的风景，一群人的道路。所在集团这个平台大有可为，也必然能让有梦想、有能力的人施展才华大有作为。未来的我们必定会取得更大的成绩。

我把淮安区看作第二故乡，在淮安区工作这些年，先后获得了区优秀共产党员、先进工作者、优秀志愿者，新时代淮安好人，江苏省第一届优秀职业经理人，全国无偿献血奉献奖金奖等荣誉。荣誉是肯定，更是激励，我非常感谢淮安区，感谢我所在的团队。

流逝的是时间，走过的是岁月，留下的是回忆，期盼的是未来。征途漫漫，唯有奋斗，才能实现梦想，相信未来会更好，相信未来的每一天都胜讨昨天。

永远的情缘

黄桥，黄桥

初夏的江淮大地，生机勃勃。2021 年 5 月 28 日下午，带着激动的心情，我和江苏"建筑之乡"优秀企业党建工作经验交流会的同仁们一起走进了黄桥，这是一片红色的土地。黄桥，我并不陌生，上学时就知道著名的黄桥战役，生活中知道的黄桥烧

图为涂怀军在新四军黄桥战役纪念馆

饼，这是无比向往的土地，今天终于来了。

下午2时半，我们首先抵达第一站——金龙建筑集团。这家改制于1999年的企业，连续八年荣获"江苏省建筑业最具成长性百强企业"称号，他们成长发展得益于集团党委积极打造"责任党建"品牌，探索出一条具有自身特色的党建模式。参观了集团的党建展厅和厂区，深深地被红色的"底色"所感染，民营企业重视党建，这是新时代企业发展的必由之路，体现了党的领导的全方位，夯实了党的执政基础，不断增强广大职工对党的政治认同，思想认同，情感认同。

在新四军黄桥战役纪念馆。1940年秋，陈毅、粟裕等新四军领导人在这里指挥了著名的黄桥战役。黄桥战役的胜利，创造了以少胜多的又一光辉范例，大力弘扬了新四军与八路军的革命理想高于天的忘我奉献精神。学习红色历史，品味红色文化，缅怀那些创造历史伟业的人民英雄，追忆那段交织着血与火的历史。看着一幅幅生动的图片资料、战斗仿真场景的展示、一段段感人的文字介绍、一件件珍贵的革命文物，再次被革命者们那不怕牺牲、英勇奋战的精神所折服，深刻认识到，在未来的工作和生活中，不忘初心，牢记使命。在这里，一种自豪感和责任感油然而生。听着讲解员翔实的解说，重温这段光辉历史，直面"我们为了谁奉献""我们需要依靠谁"的心灵拷问时，被一种浓浓的红色基因滋润着……

5月29日上午，党建工作经验交流会如约而至。金龙建设集团党委、南京大地建设集团党委、江苏华建党委、苏华建设集团党委、南通四建集团党委、中亿丰建设集团党委等六家来自全省建筑行业党建工作优秀企业，汇报交流了各自开展党建工作的体会和做法。虽说都是建筑企业，但党建工作开展得有声有色，精彩纷呈，值得学习和借鉴。泰兴市委有关领导致辞，介绍了黄桥的风土人情。省住建厅领导对全省建筑企业党建工作提出要求，围绕经济抓党建，抓好党建促发展，续写更加精彩的"春天的故事"。

激情洋溢的时节，我有幸来到黄桥，这是我回到集团担任党委副书记后第一次参加全省建筑企业党建活动，也是第一次来到了黄桥。黄桥，她给我留下的印象是深刻的，也是难忘的。

祝福黄桥的明天更加美好！

延安，延安

"几回回梦里回延安，双手搂定宝塔山。"

在庆祝中国共产党成立 100 周年之际，我和集团部分党员干部来到举世闻名的中国革命圣地——延安，回顾党的历史，重温入党誓词，汲取信仰的力量。

这次组织"学党史红色足迹延安行"主题活动，集团党委在 4 月中旬召开会议，对党史学习教育和庆祝中国共产党成立 100 周年开展专门研究，作出部署，赴延安学习就是系列活动中的一项重要内容。对于延安，早在学生年代就非常向往。在延安，中共中央和毛泽东领导、指挥了抗日战争和解放战争，实现了马克思列宁主义同中国实际相结合的第一次历史性飞跃，诞生了毛泽东思想，奠定了中华人民共和国的基石。在这里，诞生了伟大的延安精神。学党史，悟思想，延安不能不去。

党中央和毛泽东等老一辈无产阶级革命家在延安和陕北生活战斗了十三个春秋，领导中国人民取得了抗日战争和解放战争的伟大胜利，形成了伟大的毛泽东思想，培育了光照千秋的延安精神。延安革命纪念馆就是中共中央在延安最为生动的教材，是中国 20 世纪一个辉煌的聚光点，是我们来到延安的第一站。纪念馆由多个展厅组成，陈列厅采用声光电等现代化表现手法，以近

图为涂怀军在延安

千幅照片及近千件革命文物及雕塑、油画、图表、场景复原等形象、生动地再现了党中央及毛泽东等老一辈无产阶级革命家在这里领导中国革命的艰苦岁月。

杨家岭，是中共中央驻地旧址，也是毛泽东等中央领导同志在延安居住时间最长的驻地，1938年11月至1947年3月，毛泽东等中央领导和中共中央机关在此居住。这期间，中共中央继续指挥抗日战争敌后战场并领导了解放战争，领导了大生产运动。1942年在此建成中央大礼堂，1945年4月23日至6月11日在中央大礼堂隆重召开了党的第七次代表大会。

枣园，曾经是中共中央书记处所在地，1944年至1947年3月，中共中央书记处由杨家岭迁驻此地。中共中央书记处在此期间，继续领导全党、解放区军民开展大生产运动，筹备中国共产党"七大"，领导中国军民取得了抗日战争的最后胜利，并领导中国人民为争取民主团结，和平建国，同国民党顽固派进行了针锋相对的斗争，为粉碎国民党反动派的全面内战作了充分准备。

王家坪，党中央进驻延安后，军委和总部机关在这里领导根据地军民坚持了八年抗战；日寇投降后，又粉碎了国民党反动派的全面进攻。1946 年 1 月，毛泽东由枣园搬到王家坪居住。在这里，毛泽东先后写了《关于目前国际形势的几点估计》《以自卫战争粉碎蒋介石的进攻》《集中优势兵力，各个歼灭敌人》等著作，收入《毛泽东选集》的有 8 篇。1947 年 3 月 18 日，蒋介石调集了 23 万军队攻打延安，毛泽东、周恩来率部由这里撤离，转战陕北。国民党 1947 年 3 月 19 日占领延安，八路军于 1948 年 4 月 22 日收复了延安，敌人占领延安仅仅一年一个月零三天，延安又回到人民的手中。

宝塔山，"几回回梦里回延安，双手搂定宝塔山"，宝塔山是我们来到延安次日的首站。宝塔建于唐代，高 44 米，共九层，登上塔顶，全城风貌可尽收眼底。在中共中央进驻延安后，这座古塔成为革命圣地的标志和象征。登上山顶仰望宝塔，我们仿佛感受到无数仁人志士对宝塔、对延安的向往之情，以及宝塔象征的伟大精神力量。在这里，我们开展了重温入党誓词活动，全体党员举起右拳，面对鲜红的党旗，发出铿锵有力的声音，决心要为共产主义奋斗终生，永不叛党。

梁家河，这是习近平总书记下乡插队生活七年的地方。当年一名十五岁的知识青年，因历史原因，和延安结下了不解之缘。黄土地，黄土情。延安红，红中国。在中国共产党的领导下，我们的国家实现了历史性的新飞跃，人民为实现"十四五"规划，迈向建设现代化国家的新征程上撸起袖子加油干。

初夏的延安，前来参观学习者络绎不绝。我们还观看了大型情景剧《延安红》，非常震撼，通过现代科技把延安这段峥嵘岁月搬上了舞台，令许多观众热泪盈眶。第一次去延安，第一次坐高铁，心情很激动，很难忘。在高铁上，车厢内非常舒服，各式各样穿着的人们，脸上洋溢着幸福，使我想起1995年春节在广州部队回来探亲坐火车的情景，那时车厢特别拥挤，过道都是人，就连座位下都躺着人，寸步难行，条件之艰苦，历历在目。后来20多年间，再也没有坐过火车。20多年来交通的改善，极大方便了人们的出行。今非昔比，国家之强大，这是实实在在的体验。

"延安精神培育了一代代中国共产党人，是我们党的宝贵精神财富。"2020年4月，习近平总书记在陕西考察时强调，要坚持不懈用延安精神教育广大党员、干部，用以滋养初心、淬炼灵魂，从中吸取信仰的力量，查找党性的差距，校准前进的方向。在学习活动结束时，我接受了集团传媒采访，愉快地谈起了这次学习体会，通过几天的参观学习，以及与延安当地人的交流聊天，切身感受到，这片红色热土正阔步在"人间正道是沧桑"的奋进路上。对我来说，也非常具有教育意义，不仅净化了心灵，更坚定了不忘初心、牢记使命的信念。有机会我要带着孩子来延安学习，让孩子也接受革命传统教育，切身感受今天的幸福生活来之不易，树立建设国家的雄心壮志，怀揣梦想，从延安精神中汲取不竭动力，努力前行，永远听党话，跟党走。

苏州，苏州

6月29日一大早起来，就出发去苏州了。前两天，就接到省建筑行业协会秘书处通知，江苏省建筑企业庆祝中国共产党成立100周年党建工作经验交流会在苏州举行。

苏州，这座城市并不陌生，弟弟妹妹都居住在那边，苏州的寒山寺、观前街也去过多次，只是这几年工作太忙，出差的机会

图为涂怀军（右三）在苏州参加颁奖活动

也不是很多。这次有幸再次去苏州，感觉苏州变化也挺大的，不过这次去的是位于苏州市相城区的中亿丰集团。

会议是在中亿丰集团科技展厅会议室进行的，会议主要有省协会五家党建共建单位党组织负责人交流发言，发布建筑企业优秀党建项目获奖名单并颁发证书。省协会领导在会上做了重要讲话。会后，我们还参观了中亿丰的党群服务中心、科技展厅、企业展厅。

在这次会议上，发布了全省建筑企业优秀党建项目范例评选结果，经过专家评审，评出一等奖 10 篇、二等奖 20 篇、三等奖 30 篇、优秀奖 46 篇。我撰写的《"党建 +3"赋能高质量发展》荣获二等奖。会前，省协会秘书处领导告诉我们，我们申报的材料，得到了专家组的肯定，得到了高分。

在参观完中亿丰展厅后，感受很深，中亿丰作为全省建筑行业骨干企业，年产值突破 300 亿元，它的党建工作开展也很有特色，值得我们学习。党委工作要紧紧围绕中心工作去开展，要用经济工作的成果来检验党建工作的成效。

我是 2020 年 10 月底来集团担任党委副书记的，从事专职党务工作，说到做党务工作，早在 2000 年 9 月我在金莲纸业就到党务岗位了，先后担任了党务办事员，2003 年 12 月公司党委成立，我任党委办副主任，2004 年 9 月兼任团委书记。在金莲纸业的 10 年间，我在朱书记领导下做党务工作长达 7 年。在来集团之前，我是在 PC 工厂担任人力行政总监、党支部书记，后来又去连云港先至远大担任副总经理、党支部书记。

到集团工作，也算是做了老本行，不过是专职做党务了。今年，全党开展党史学习教育，我的工作算是很忙了，我跟党委书记聊天时说到，这半年过得很充实，通过一系列活动，逐渐熟悉集团各方面工作了。最近对党委上半年工作也进行了总结，主要是做了9个方面工作：一开展党员冬训和民主评议工作；二是召开集团党委2021年工作会议；三是组织收看十三届全国人大四次会议开幕会；四是开展党史学习教育；五是"三会三总师"工作机制稳步推进；六是加强党建工作；七是加强工会和青年文化社工作；八是对外宣传工作取得一定成效；九是开展"八个一"活动，庆祝建党100周年。集团党委6月30日下午组织专题党课，召开党建交流会，听取党员、党务干部对党委工作的意见、建议，便于更好地做好今后党委工作。

这次苏州行，时间紧，下午5点半结束，就急着返程。在回来的路上，我一边想着今天会议的内容，一边在思考次日的集团党委的工作安排，我们将迎来中国共产党百年华诞，从中央到地方，从机关到企业，到农村，节日的氛围越来越浓，各种庆祝活动精彩纷呈，展现了中国共产党百年征程波澜壮阔，百年初心历久弥坚。一百年来，我们党团结带领人民接续奋斗，创造了伟大历史，建立了伟大功业，铸就了伟大精神，形成了宝贵经验。胸怀千秋伟业，恰是百年风华。我们要牢记红色政权是从哪里来的、新中国是怎么建立起来的，倍加珍惜我们党开创的中国特色社会主义，坚定道路自信、理论自信、制度自信、文化自信。革命理想高于天。理想信念之火一经点燃，就永远不会熄灭。我们党就是依靠坚定的理想信念和坚强的革命意志，一次次绝境重生，愈挫愈勇，最后取得了胜利。我们不能忘记党的初心和使命，不能忘记革命理想和革命宗旨，要继续高举革命的旗帜，朝着中华民族伟大复兴的目标奋勇前进。

祝福伟大的党在新的征程，再创新的辉煌。

无锡，无锡

处暑过后，秋意渐浓。在暑气褪去的初秋时节，根据市、区组织部安排，我有幸来到了被誉为"太湖明珠"的无锡，参加省委组织部在举办的全省"两新"组织党务工作者党史学习教育暨专业能力提升示范培训班的学习。

这次培训班是在江苏省党支部书记学院民企分院举行，也就是红豆衫庄。红豆杉庄是红豆集团的，我们淮安市一行 6 人，统一乘车于 2021 年 9 月 26 日傍晚前往报到，虽说是傍晚，却感受到山庄的宁静和草木葱荣，走进大厅，穿过走廊，看到走廊两侧的流水、喷泉，顿时让人忘记烦恼，抛掉浮躁，心情舒展起来，脸上的愁容不见了，让心去融进大自然。

培训时间是 27 日至 29 日，课程很集中，时间很紧张，晚上的时间都安排上课了，内容很丰富，有业务辅导，有讲座，有案例分析，有现场观摩，有理论学习，也有学员论坛。27 日上午举行了简短的开班仪式，不到 20 分钟，省委"两新"工委副书记季振华作动员讲话，省委组织部对举办这次培训班高度重视，9 月 9 日就发出通知，对培训班作出布置，这次培训班是为了深入学习贯彻习近平总书记"七一"重要讲话精神，统筹推进全省"两新"组织党史学习教育和党务工作者专业化建设。来自全省

图为涂怀军在无锡红豆衫庄参加培训

100余名党务工作者参加了学习，意义很大。

这几天的白天和晚上，先后有省委组织部陆冬阳处长讲授了《江苏"两新"组织党务工作者专业化建设的探索与实践》。从中我们获悉，全省"两新"组织党务干部有望获得"职称"了。这一举措极大了调动了我们积极性，党务定级分为4级，特级，由省委组织部认定，证书可以在全省通用，高级由市委组织部认定，全市通用，中级、初级由县区组织部认定，在县区通用。当然，认定有严格的要求和程序，还有"红领"津贴，党务干部的工作热情会有很大的提高。

还有省纪委案件审理室郑雯静副主任讲授了《筑牢思想防线，推进"两新"组织党风廉政建设》；省政协文史委副主任刘德海讲授了《回顾与展望：在光辉历程上再创更加辉煌的未来》；省民政厅社会组织管理局副局长杜良灿讲授了《强化党建引领，推进社会组织高质量发展》；省委党校党史党建教研部副主任周延胜讲授了《中国共产党百年历程与经验启示》。

我们先后参观了旺庄街道党建馆、江溪街道基层党建工作指导站、无锡高新区（新吴区）外企党员政治生活馆、红豆集团"四千四万"现场教学点、中国乡镇企业博物馆，对无锡的党建工作取得的成绩和先进的做法，赞叹不已，书记工作室、劳模工作室等别具匠心，如温馨人家，我们一边参观，一边不时拍照，要把好的经验、做法留下来，回去再"消化"，促进党建工作的开展。

特别高兴的是，我们这次看到了红豆集团党委书记、董事局主席周海江。28日晚上，7点到9点半，海江书记为我们学员作《党建引领红豆高质量发展——中国特色现代企业制度探索与实践》专题讲座，现场气氛热烈，大家专心听讲，认真做笔记。海江书记从60年跟党走，关键时刻报党恩，立足长远建制度三个方面，详细介绍了红豆的发展，进一步诠释了红豆从小到大的发展历程，就是按照党指引的方向前进。初创于1957年的红豆，踏遍千山万水、吃进千辛万苦、说尽千言万语、历经千难万险，经过60余年的奋斗，目前位居中国民企500强前列。海江书记是党的十七大、十八大、十九大代表，去年荣获全国优秀共产党员、全国抗击新冠肺炎先进个人两项殊荣。红豆前身的创始人是海江的爷爷周林森，红豆集团的创始人是海江书记的父亲周耀庭。无论是从一个企业看，还是一个家族看，要想成功是需要几代人接续奋斗的，你不奋斗你的下一代就要奋斗，为了国和家，我们都要不懈奋斗。讲座结束时，海江还热情与部分学员合影。红豆、海江给我留下了深刻的印象，最近几年我身上的衣服，许多都是红豆的。一个人的风景，一群人的道路。祝福红豆未来，在海江书记的带领下，红豆人的发展道路越走越宽。

29 日上午举行了学员论坛和简短的结业仪式。来自江阴、南通、盐城、苏州 4 家企业的学员分享了学习心得体会。通过几天的学习，专家的"干货"满满，学员的热情满满。"课程有限，知识无限；时间有限，收获无限；生命有限，工作无限。"这是我们送给这次培训班最好的"礼物"吧。

我在连云港的日子

2021 年 7 月 9 日，早上醒来，大脑告诉我，时间过得真快，我离开连云港已经整整一年了，顿时勾起对往事的回忆。

2020 年春节后的一天下午，我接到远大江苏中心一位主要领导的电话。此时的我已经被赋闲在家了，这一年很特殊，遇上了新冠疫情，我就"宅家"写作，在职忙工作，闲时忙写作，在我心里，写作就是工作的延续，是另外一种形式的忙碌。

在电话里，领导询问我，打算让我去连云港远大，是否愿意去？远大江苏中心管理服务着江苏省区域七家远大系统联合公司或子公司。对连云港远大，我还是知道点情况的，他们是 2019 年底投产的，在投产前的 8 月份左右，他们公司几家股东组团来我服务的远大 PC 工厂参观。我时任人力行政总监，这次主要接待工作是我负责的，午餐就在公司餐厅包间，董事长特意从城里赶到工厂接待他们。在投产前，又找我了解人力资源和培训安排等，那天下午交流了大约 2 个小时，总经理全程几乎没说话。当时我的助理、人事主管也在场。

放下电话，我跟妻子说到这事，妻子说，领导那么关心你，你还犹豫什么呀？去吧！我说，我的书稿才刚刚理出头绪，春节期间附近一家企业老总让我去工作，也被我婉拒了。后来思考了一下，去连云港工作也好，从 1996 年广东退伍回来，就没出过市工作过，有机会出去看看不也很好呀。还有从淮安 PC 工厂的人力行政总监，履新连云港 PC 的副总，从侧面也能证明自己的实力，在入职淮安远大之前，就在当地纺织服装企业担任副总经理几年了。

4 月 23 日上午，我被聘任为副总经理，当天下午安排见面会，公司领导、管理人员参加了，公司宣布任职和分管人力行政部、总经理办公室。接下来各项工作紧锣密鼓进行着，我对公司的未来充满信心，在大家的支持配合下，各项工作推进很快。

从打基础的工作切入。我去前他们就在着手《员工手册》，好多都是网上下载的，我毕竟在远大系工作，后来要来了远大工厂的和 FS 远大的《员工手册》进行参考，结合公司实际，建立以《员工手册》为基本企业管理制度，让管理迈向依法治企，员工有事找找制度，用制度管人管事，人文发展环境。5 月 10 日左右，公司高层通过了《员工手册》。制度出台首先解决了员工有事不知道找谁，又喜欢问领导的习惯，有些领导沉迷于下面的汇报和请示，甚至在刷存在感，树立所谓的权威性。其次是让管理者把心思用在工作上，同样一件事，在制度面前处理的结果是一样的。制度体现了公平和正义，不会因人的心情对事情的处理出现偏差甚至好恶。人力行政还在 5 月 18 日、23 日分 2 场进行全员培训，原人事副总调整为部门经理不但不生气，还主动向我介绍情况，积极支持工作。

建立党支部，根据要求我把党员组织关系转到了开发区，紧接着打报告申请成立党支部，不久开发区党工委批复下来了，同意成立党支部，6 月 1 日召开支部成立大会，我被推选为支部书记。组织成立的目的就是发挥作用，生命力在于开展活动。安全月开展了主题党日活动，"七一"前夕，我还开展了党建共建活动，组织党员赴南方工程建设公司党支部开展活动，我为两家企业的党员干部上了专题党课。我长期做党群和人事工作，善于调动人的积极性，党支部就是要把党员职工组织起来，围绕公司中心工作，发挥党员先锋模范作用，开展卓有成效的思想政治工作，主动与员工交朋友，了解他们的诉求，让党的政治优势，成为推动公司发展的引擎。

未来未知，只要心不老，我们的事业就远大，目标就一定能够实现。后来的一段日子，比较孤独无助。半年后，我在谈到连云港这段工作经历时曾说，去不在乎时间长短，哪怕有半个月、一个月都无所谓，在我的职场生涯里，职场故事不能太单一，我喜欢多姿多彩，这样才无愧人生。你想，从总监到副总也就不到3个月的事情，从后来的副总到集团党委的副书记也还是3个月的事情，你听到了该有何想法？况且，我还是一枚"草根"，没有巨人的肩可站。无论面临的环境再险恶，乌鸦再多，我还是天鹅的品质，一直努力前进，做好自己，活出自己。就在前几日，有昔日同事来集团看我，我说这么多年过来了，也没有刻意去在意谁的脸色，现在还需要吗？

我是7月7日上午，一上班，我就给股东李总发去邮件。致：各位股东（代离职报告）五一前夕至，离家虽甚远；信心满满来，陪你走一程；尽我所能，做我所做。八一临近日，我车已到站；不忍说再见，原路将返回；未来日子，关注依旧。盼如你所愿，高质发展，后发先至。30分钟后，李总打来电话，询问离职想法，我与其沟通确认离职时间及工作移交。

7月9日上午，我离开连云港，当日下午回到淮安，向老领导汇报我在连云港期间的工作情况。后来在家给自己放假3个月，专心整理我的《春雨集》书稿，10月底回集团担任党委副书记。

在连云港不长，有些人有些事，印象深刻。后来的好几篇文章都是在这段时间思考酝酿的，有的是落笔成稿的。余生不长，但很珍贵。感恩过往，是为了续写新的篇章。

“七一”随想

在中国共产党成立 100 周年之际，6 月 30 日下午，集团党委举办了三场活动，根据党委的安排，由我主持活动。这是我到集团任职 8 个月后第一次主持集团层面的会议，距离上一次主持会议也有近一年半时间了。

那是 2020 年 1 月 9 日，这天下午，公司召开一年一度的总结表彰大会，会前我和分管的人力行政部员工做了大量的准备工作，总结会后就是“融汇精彩　贯通未来——2020 迎新春酒会”，员工聚餐，进行节目表演。我是在元旦前半个月就开始布置年度总结，动员各部门推荐节目。公司成立了筹备组，由我牵头。我们从 20 多个候选节目中，经过至少 3 次的彩排，最后确定了 12 个节目。总结表彰大会有六项议程，集团领导、部分股东单位代表出席会议，本公司的就是我和总经理在主席台就坐，总经理做工作报告，我主持会议。上一年度的总结表彰大会也是我主持的，那是 2019 年 1 月 26 日上午在海之缘大酒店召开的。

在组织年度总结表彰大会和年会节目筹备期间，有一天上午助理进到我办公室悄悄告诉我，最近听到员工中有关于我的议论，说我要离职了，甚至有人说，哪怕公司赔钱也要让涂总走。听后，我告诉助理，好好工作吧，我走不走不是当前的工作重点，我们要抓紧年度表彰会、年会各项筹备工作，这是大事。我不喜欢听"八卦"，无论它是真的，还是空穴来风，我还是做自己的事情，多年来相信有实力的人，无论走到哪里都能立足。远大江苏中心的晓燕总，多次称赞我是个自律的人。早在 11 月份就有谣言了，我是知道的，不久谣言很快变成现实了，年会过后第 3 天接到去集团谈话的电话，谈话中我不认可公司对我罔顾事实的指责，随后提出离职，3 天办理离职手续，在我之前副厂长离职了，在我离职半年后厂长也离职了。

真正能决定让我离职的，无论在什么样的企业，也仅仅是董事长或者总经理了，其他人即使再不满意、有敌意或采取任何卑鄙龌龊的手段，最终都需要董事长或总经理点头认可的。离职后，很快春节到了，又遇到疫情，就在家里写文章。春节期间，董事长给我打电话，关心着我。"五一"前夕，去连云港先至远大履职副总经理、党支部书记。不久，回集团担任党委副书记至今。我无论是在总监的岗位，还是副书记的岗位，都努力学习，勇于担当，争取各方面工作走在前列，争做员工的表率，心怀感恩，一直向前。

回顾自 2009 年 3 月以来，我就在民营企业从事人力资源、行政管理工作，也兼任工会主席、党支部书记。这么多年的职场生涯，一直都是在董事长或总经理直接领导下工作，入职是因为企业看重我的价值和专业度，并能提供让我比较满意的薪酬福利，尤其是生活方面的基本保障，企业能不能提供食宿。在工作中，与"同僚"始终抱着与人为善、友好合作，更认为合作远比竞争更有现实意义，团结而不"结团"。与部下或员工则能帮人就帮人，哪怕一个电话可以帮他们解决忙一下午而解决不了的事情，我也热心去做。"有意义、有意思、有价值"是我做事的操守，坚持企业利益第一，做自己想做的事情，做企业需要做的事情，做员工期盼的事情，也敢于同不正之风作斗争，不怕打击，坚守"底线"，坚决不触犯"红线"，更不会卑躬屈膝，我看不惯那些在老板面前的"奴才相"，更鄙视在员工面前的"狼狗相"，因为我来自"草根"家庭，更懂得员工的心。

今年上半年，对于我个人来说，做的最有意义的事情，就是"七一"前夕出版了《春雨集》向中国共产党百年华诞献礼，集团党委书记在看过书后，给予高度评价，他说，这本书，正能量满满，通俗易懂，值得一看。他还亲自打电话给集团青年文化社领导，要求每人发一本学习，要组织"悦"读分享交流会。作为一名党员要按照习近平总书记在庆祝中国共产党 100 周年大会上，向全体共产党员发出的号召要求，不忘初心牢记使命，践行建党精神，为实现中华民族伟大复兴的中国梦而奋斗。

永远的情缘

"我们是五月的花海，用青春拥抱时代。我们是初升的太阳，用生命点燃未来。"在这个青春洋溢的季节，我们迎来中国共产主义青年团成立100周年。

——题记

记得1987年7、8月间，有一次晚自习，我悄悄地去问团支书，我能不能入团。团支书说，入团不光看学习成绩，还要看思想品德。他鼓励我积极向周围同学学习，争取早日入团。1987年10月，我向班级团支部递交了入团申请书。

我在班上担任劳动委员，学校每次卫生环境大检查，我们班都能拿到卫生循环红旗。团支部安排一名老团员跟我结对，向我讲解团的历史，让我明白了共青团组织的光荣历史。团支书还与我谈心，鼓励我继续努力。入团仪式是在1988年元旦后举办的，16岁的我很自豪地成为了一名共青团员。一年后，我考入了高中。高中三年，我做了三年的班级团支书，班级多次被评为文明班级，团支部多次被校团委、团县委授予五四红旗团支部。1990年五四青年节，我被团县委表彰为"全县优秀共青团干部"。

2004 年是我退役分配在金莲纸业公司工作的第 8 个年头。这一年 9 月，我担任公司团委书记，和团委一班人积极开展共青团和青年工作，得到了公司党委和上级团委的肯定。公司团委被团市委列入团建工作联系点。2006 年我被推选连任公司团委书记。这年，公司团委荣获金湖县"五四红旗团委"，我获评"淮安市优秀共青团干部"。

2007 年 11 月，我到民营企业从事企业管理工作。因为有共青团工作的历练，我先后担任人力行政总监、副总经理、党委副书记等职。2020 年 10 月，我从 PC 工厂副总经理、党支部书记岗位回到集团担任党委副书记，分管群团工作。我积极支持青年文化社开展活动，举办企业文化悦享会，将自己出版的《春雨集》赠送给青年职工，给他们提供精神食粮。

2021 年，公司党委开展党史学习教育，我紧紧围绕区委要求，开展了百年党史职工说、党史快问快答、红色足迹延安行、书记大讲堂、书记走进项目和春节慰问困难党员等活动。市委党史学习教育巡回指导组对集团党委党史学习教育给予高度评价。面对成绩，我感到更多的是责任，是鞭策，有恋恋不舍的共青团情缘。

共青团，是青春永不褪色的印记，更是青春永不后悔的选择。我的人生中，难以忘记共青团对我的帮助和共青团岗位对我的成长锻炼，这是我和共青团永远的情缘。

散　步

晚饭后，老余和往常一样开始散步，离家太远，老余就住在公司，下班后公司就剩保安和老余了，走到公司西门时发现，大门紧闭，心里特别纳闷：以往都有保安在值班，今天难道脱岗了，老余分管保安工作，于是就拨打了保安队长老赵的手机：

"赵队长，西门怎么没有保安值班呀？"

"余总，您不知道吗？前天季董事长来了手谕，说是西门是偏门，每天 8 点上班，只要 7 点半到 7 点 50 开，下午下班只要开 20 分钟，其他时间一律以正门，南门为主。"

"这个事情，我怎么不知道？"

"那天，您休息回家了，董事长把手谕给后勤主管小孙了，小孙告诉我的时候，我还说，这件事要跟总经理和您汇报。孙主管说已经汇报了。"

"还有，我们保安单独有一个群，您不知道吧？"

"嗯，不知道，你把我拉进去。"

随后，赵队长把老余拉进了保安群，群主是小孙，总经理也在群里，还有 4 个保安。老余很生气就问，这个是什么群，谁能告诉我？

大约 20 分钟后，小孙给老余回电话：

"余总，西门关闭的事情应该是季董事长通知的。"

"季董事长如果是告诉你的，你应该汇报我。"

"没有告诉我。"

"如果是通知队长的，队长应该汇报你和我。"

"不要认为自己很牛！"

"季董事长跟谁说，那是他的权利，如果是跟我部下任何一个人说，那么部下员工应该向汇报我。"

大约过了十分钟，赵队长的电话进来了：

"余总，季董事长手谕是小孙拍照发在保安群的，他随后把群就撤销了，然后又恢复了。这样做的目的，就是不留证据，耍小聪明，这人人品有问题。"

放下电话，老余语音小孙：

"小孙，保安群，你是群主，我命令你立即解散该群，今后建群，群主统一由副总经理助理杨晓担任，任何人建群必须经我同意。我在群里已经发布了通知。"

小孙随后退群，但并没有撤销群，老余让成员自行退群。

次日一上班，助理通知赵队长、小孙来老余办公室。

"我今天把你们找来，想听听你们有什么想说的。"

随后老赵，把事情的经过说了一遍，小孙没有说什么。

随后，老余说了3点想法：第一，我作为公司分管人力行政工作的副总经理，还是治安保卫工作领导小组副组长，有权利知道保安具体工作，况且董事长手谕明确说了，要通知相关人员，我难道不是相关人员吗？你们不知道天高地厚，麻木得很，你们以为你们是谁？天王老子，眼里只有董事长吗？你们真有那本事，至少也是副总经理职位。

第二，如果说，你们眼里没有副总，那么我告诉你们，我也没把你当回事。作为打工人，最基本的职业操守就是做好本职工作，不越位，不缺位，知道自己该做什么，不该做什么，做人要守住本分。

第三，从今天开始，保安工作由我领导，不再归小孙了，就是要告诉你们，你们的工作，是在我分管下开展的，我随时可以调整，公司的领导体制决定的。我还要告诉你们，不要把自己的小职务，看得太高了。

送走了小孙和老赵。老余心里始终不是个滋味，深有感触的是，一个入职不长的主管，哪来的胆子，目无上司，是背后有人撑腰，"裙带"的力量，还是人品与岗位不相匹配，选人录用把关不严？"也许，这在民营企业是见怪不怪吧。"

不过，在老余看来，至少是工作20多年来，第一次遇到的"奇葩"事情。

三天后的一次会议上，季董事长宣布保安部归生产部管理，也就剥夺了老余的权力。不久，老余离职了，一个月后，小孙离职了，当然，这也是后话了。

再后来，有人说季董事长脑子有问题住院了，总经理主持公司工作了……当然，这些都不重要了。

聊聊开会那些事

每次参加一些企业管理培训或者人力资源交流会时，总有人问我在企业例会怎么开才能有效果。我说，会议的效果很大程度上取决于会议主持人的能力和水平。

我最早主持例会应该是 2007 年 11 月，之前是参加例会多，印象不是很深，那时在金湖一家民营企业担任总经理办公室主任，部门例会好像是每月 8 号，18 号，28 号，遇到周末就提前或者延迟，在我入职前就这样规定的，基本内容都是参会人员汇报工作，我提出要求，会议最后分管领导也提出要求，好像没坚持多久，例会就出问题了，一个总经理办公室跟我平级的就有五个，副主任、设备主管、电力工程师、车辆主管、餐厅主管等，副主任在我去之前就是主任，我去了才降为副主任，但保留主任待遇，那时工资也不高，好像也就 1200 元月薪。分管领导经常在会上批评主管们各自为政，配合支持不够，但收效甚微，可想而知会议的质量和效果了。

六年后，我在另一家民企企业担任副总经理，到任不久就有主管就告诉我说，公司每次例会就是一次吵架会或者就是"拉家常"的谈心会。我主持的例会是每周一上午 9 点进行，董事长、总经理都参加会议，第一次会议给我的感受就是质量不高，可能是每次开会都喜欢"唠嗑"，汇报实质性内容不多，也有可能不知道汇报什么，就随口说，也没有做笔记的习惯，传统企业管理者的文化层次也有一定的局限性。会后，我给各部门主管员工配发了专门的本子用作记录，还印发了《例会要点》，明确提出每次例会首先要简要汇报上周主要工作情况，特别是未完成的计划要重点说明，提出完成时间。对一些常规工作，有数据要说数据，比如上周产量、质量，采购量等。重点是要汇报本周工作安排以及需要公司层面重视或解决的事项。这样的会议程序，坚持了2年多，主管们从开始的不习惯和被动，到后来积极参加会议，踊跃发言交流工作，他们经常说，涂总主持的会议时间短，质量高。是的，我每次主持的会议一般不超过50分钟，如果发现偏题、跑题，我会立即"拨正"，确保会议始终围绕中心议题不偏"航"，有时主持专题会议，我也会让办公室提前印发会议待讨论的材料，让参会者提前做"功课"，会上就直奔主题，发表意见，节约会议成本。两年的例会实践基本成熟，议程等趋于完善，只可惜，后来的助理告诉我，我离职后，例会也就断断续续的了，偶尔开一次也回到以前"唠嗑"的状态了。

2017年9月，我到装配式建筑企业担任人力行政总监，分管人力行政部，那时例会组成人员是总监助理、人事主管、行政主管、保安队长、餐厅经理、品推助理，这期间的例会是我职场生涯中最好的时期，例会依旧是每周一上午9时，程序更加规范，助理会提前10分钟检查会议室准备情况，需要开空调则会提前30分钟，会议的议程就精炼了许多，由于他们都是在一起办公，许多工作会前或者平时都沟通配合完成了，会议的重要一条，就是互通一下每个人手上最近做了什么事情，准备做什么事情，需要提交让我拍板哪些事情。会议一般都控制在40分钟左右，我都会提出一些要求，对他们的工作进行讲评，表扬好的，督促拖拉的。我每次开会是不带手机，带手机的要调整为震动状态，一般情况，不允许接电话，几乎听不到会议室响铃，这也是我对他们的要求。助理工作很不错，协助我处理了许多日常事务。会后，助理会安排撰写会议纪要，有的时候在纪要里也会增加一些会上忘记说的事情，这样的目的就是留有痕迹，一年下来，就把纪要整理一下，装订在一起存档。当然，我主持的其他会议一般不会超过 1 小时，讲究会议质量，会议时间过长，让人感觉疲劳也是不足取的。

开会是管理者处理日常工作的主要手段，不要错误认为，会议时间越长越重要，材料页数越多越重要，流程越长越精细。开好例会也是件不容易的事情，有的管理者不会开会，也不会主持会议，把控会议更缺乏技巧，会议质量也就不会好到哪里去了。开会要解决实际问题，我的体会是要做到"六有、六不"，即：有准备、有主题、有纪律、有程序、有纪要、有督查；做到不务虚，不讨论细节，不指责、不抱怨，不搞一言堂，更不能跑题。只有这样，例会才有生命力，达到沟通交流信息，促进提升管理，确保各项目标任务的有力有序有效进行。

亲历建党80周年到100周年庆祝活动的印象

最近，集团党委组织部分党员干部赴革命圣地——延安学习，这是开展建党100周年系列活动一个"重头戏"，在延安的几天里，我思考了很多，从建党80周年到100周年，我主管或从事党务工作，也开展了许多活动，至今难以忘怀。

我是一名退役士兵，1996年12月退役后安置到江苏金莲纸业有限公司工作。2000年9月26日，就在这一天，我从公司保卫科调到党总支办公室，又叫党务办公室，职务是办事员，这一年我28岁。虽说是办事员，可开心了，在这2000人的企业里，能坐在行政大楼办公可不是容易的事情，有一次我在阅报栏看报纸，一个车间主任走到我面前问，我家是不是有亲戚在县委当干部？我说，乡下人，县城没关系。他又问，那你怎么上大楼了。我说，是朱书记让我过来的。那时，朱书记也是兼任书记不久，原专职宣传科长又担任了审计科长，党务这边需要一名专职人员。后来听说，朱书记在选拔时还去档案室调阅有关人员档案，发现我比较合适。记得有一次，朱书记下班出厂时看见我，问我想不想去他那边工作，我自然乐意。在保卫科是三班倒，累人，妻子说我已经很好了，从车间操作工到保卫科工作，满足吧。

2001年是建党80周年，通常都是逢十大庆，公司十分重视，那时公司效益还不错，我们是 2000 年改制的，但运行模式基本还是国企的"套路"，党总支领导还专门开会研究了庆祝活动方案，活动方案是我起草的，好像是"七个一"活动，一个重量级的活动当属"永远跟党走"职工歌咏比赛了，涉及到全公司了，那时职工也多，以车间为单位报名，节目内容很丰富，舞蹈、独唱、歌伴舞，活动地点是在工会活动室，条件还很简陋，彩钢瓦搭建的，虽然有空调，可天气太热，参加比赛的人满头大汗，就坐在前排的评委，也是不停地摇着扇子，尽管如此，观众还是很多，场面特别热闹，鼓掌声、喧哗声、吹哨声、呐喊声此起彼伏，当场亮分，党委领导为获奖者颁奖。活动结束时，许多人还意犹未尽，夸赞节目精彩。各部门很重视，有的车间为了鼓励职工参加，也出台了奖励措施来调动积极性。事后，朱书记赞扬我组织很周密，从策划到宣传，到各方面措施落实，都有条不紊。年底，朱书记奖励了我，这一年我被评为公司优秀共产党员。

2003 年 12 月公司成立党委，当时党员数 101 人，根据县委批复要求，应有党委工作机构，配备专职党务干部。会上，党委宣布我担任党委办副主任，主持党委办全面工作。继续做党务日常工作，朱书记还分管我这边工作。

时间很快到了 2006 年，这一年是建党 85 周年，党委专门以金纸委〔2006〕16 号文件布置开展系列活动，主要有：组织观看省委纪念建党 85 周年暨保持共产党员先进性教育活动总结表彰大会电视实况；开展一次以"学党章，知党史，强党性"为主要内容的知识竞赛活动；组织观看一次电教片；开展一次热点问题集中调研活动；举办一次以"树立社会主义荣辱观，塑造共产党员新形象"为主要内容的报告会；召开一次党建工作暨思想政治工作座谈会；召开一次民主生活会等活动，简称"七个一"活动。这个时候，公司原料结构调整，效益明显不如以前，活动就要考虑成本了。当时，有党员说，都是常规活动，看不到"大戏"了。

2007年11月后我应聘到民营企业工作，企业主是党员的，都担任党支部书记，我的组织关系就一直在金湖，协助做些党务工作。2018年我在PC工厂担任人力行政总监时，新材料产业园领导来公司要求成立党支部，当时党员7人，这年10月在支部成立大会上，我被推选为支部书记。2019年遵照上级党委部署开展"不忘初心，牢记使命"主题教育。这一年，庆祝建党98周年活动主要有五项内容：一是组织一次政治学习活动；二是开展"不忘初心，牢记使命"主题党日活动，赴刘老庄八十二烈士陵园开展主题党日活动；三是召开"围绕经济抓党建，抓好党建促发展"座谈会；四是开展党员面对面谈心活动；五是上一次"不忘初心，牢记使命，做新时代党员先锋"专题党课。"七一"前夕，我应邀去产业园为入党积极分子上党课。我担任总监，为开展党支部工作提供了许多便利和资源。区委组织部对我们支部工作给予充分的肯定。"七一"前夕，我被区委组织部评为优秀共产党员。

2020年10月28日，我回集团担任专职党委副书记。今年（2021年）恰逢建党100周年，我在4月21日主持召开集团党群工作领导小组会议，专门研究中国共产党建党100周年庆祝活动方案，并提交集团党委会批准，不久集团党委批准了方案，开展"八个一"活动，即：举办一次专题党课，举办一次百年党史职工说活动；举办一次"我的入党故事"分享会；开展一次革命传统教育，赴延安开展主题党日活动；召开一次庆祝建党100周年座谈会；组织观看一次影视片活动；召开一次党建工作交流研讨会；开展一次党史快问快答活动。这次活动也彰显了新时代的民营企业能自觉做到讲政治，提高政治站位，发挥政治引领作用，促进集团发展。再看看党员、职工参与度很高，积极性很高，彰显了新时代的党员职工对党的政治认同，思想认同，情感认同，不断增强了职工群众的获得感、幸福感、安全感。他们在积极接受集团传媒采访时表达了自己激动的心情。我从延安回来后还专门写了文章《延安，延安》。6月23日下午，省建筑行业协会传来好消息：我撰写的《ZH建设集团："党建+3"赋能高质量发展》获评全省建筑企业党建项目二等奖。

我亲历从建党80周年到建党100周年开展的庆祝活动，深切体会到，国家的强大，社会的发展进步，党建工作越来越被重视。今年，开展党史学习教育，深刻领悟到在100年的接续奋斗中，党领导人民创造了伟大历史，铸就了伟大精神，形成了宝贵经验，使中华民族迎来了从站起来、富起来到强起来的伟大飞跃，创造了中华民族发展史、人类社会进步史上的伟大奇迹。百年大党温故知新再出发，以昂扬的姿态踏上全面建设社会主义现代化国家新征程，必将从胜利走向新的更大的胜利。

我的涟水之行

2021年8月24日，我随集团总经理等领导到涟水县慰问珑熹城项目上施工人员，这是我第三次到涟水，都是公干，而且时间都不长。涟水县，是淮安市下辖县，古称安东，地处江苏省北部，黄淮平原东部，淮河下游，地处连云港、盐城、淮安、宿迁四市交界处，北至西北与灌南、沭阳两县相连，西与淮安市淮阴区接壤，南与淮安区相邻，东至东南与盐城市的响水、滨海、阜宁三县交界，东西长60公里，南北宽51.5公里，县域面积1676平方公里。涟水县是智慧之乡，是古典文学名著《西游记》的作者吴承恩的祖居地，是教育名城。

记得第一次去涟水，好像五六年前了吧，甚至更远，那年市委组织部在全市公开推选民营企业党组织书记，我当时报名参选涟水一家纸箱生产企业，这个活动有一个环节就是组织报名者参观所报企业，我和另外四五人都去了，这家企业的名字已经不记得了，企业主40多岁，他接待了我们，介绍了企业生产经营情况，在当地来说还是纳税大户，我们参观了生产车间，行政楼好像没有，午餐是企业安排在附近一个饭店的，先前大家互相介绍认识了一下，企业主得知我来自金湖县，几个人中算是最远的了，午餐时，他拉着我靠着他坐下，午餐后我随市委组织部工作人员一起返回市里，当天晚上到家。后来听说报名者都没去，其实我觉得平台还不错，是行政副总兼任党支部副书记岗位。

第二次去涟水，应该是我在集团 PC 工厂担任人力行政总监时的事情了，印象是在 2018 年下半年或者次年的上半年吧，那次去主要是涟水一个学校基建上用的是我们公司产品，他们搞宣传，我们配合做些工作，我是上午去，上午回的，销售部那天也去人了。我们大概看了一下场地，拍了一些照片就回来了，记得是回公司午餐的。

这次去涟水，是我回集团工作以来第一次去涟水项目上，之前去了宿迁、金湖项目现场，去宿迁项目上是去检查安全的，去金湖项目上是检查抗疫工作的，这次去涟水项目上是慰问施工人员的。我们集团层面去了四位领导，集团相关部门也安排人员随行。在现场，集团组织了安全法规的宣讲，发放了 200 多份慰问大礼包。看着建筑工人们拿着"大礼包"可开心了，使我想起习近平总书记经常讲的，"江山就是人民、人民就是江山，打江山、守江山，守的是人民的心"。对于企业来说，职工就是企业生存的根本，是发展的力量源泉。我们的工作就是要做好服务职工工作，关心他们的诉求，体察他们的疾苦，最大努力创造条件，让他们安心工作，快乐生活。

下午回来的路上，随行的工会主席还跟我介绍涟水的风土人情。涟水自古人才辈出，有陈登、王义方、徐有功等，涟水名胜古迹众多，有妙通塔、能仁寺、状元桥、月塔、米公洗墨池等古迹。涟漪湖、东湖、茵湖三湖相连。五岛公园八景远近闻名。涟水的鸡糕、捆蹄、活珠子也很有名。

忆金莲纸业党委成立

2021 年是中国共产党百年华诞。百年征程波澜壮阔，百年初心历久弥坚。这一年，我被调回集团担任集团党委副书记。我与党务工作结缘也有 20 多年了，至今记忆尤新，难以忘怀，前段时间市委组织部来集团考察，我还说从建党 80 周年，一路走到建党 100 周年。

1996 年 12 月，我退伍回到了金湖。第二年 6 月份我被县政府安置到江苏省金湖造纸厂工作，那时企业还没改制，是县属国有企业，2000 年改制为金莲纸业。刚入职时是在造纸车间做操作工，大约干了一年半时间，厂长换人了，经贸委机关来的，是吴永泉厂长，他来了以后对保卫科进行改革，提出退伍军人充实保卫科力量，我有幸被选拔到保卫科工作，在我看来无论是在造纸车间，还是保卫科都不是我的目标，也就没把心思放在上面，当然领导也看得出来，我迟早是要离开的，他们也格外关照我。

2000 年 9 月上旬的一天，担任公司党总支副书记的才祥书记下班时路过保卫科看见我，他问我："小涂，想不想到党办工作呀？"我听了，很意外。上行政大楼，我不会听错了吧？那时，在我们职工眼里，上大楼是神圣的，不是一般人能进的，都是要关系的。我告诉才祥书记，我愿意去他那边，跟着他学习。

就这样，当月 26 日，我就去党办报到了，刚开始是和才祥书记一个办公室，好像半个月后，我的办公桌解决了，和团委张书记一个办公室，同时还有审计科的三位同事。

那时企业开展党建工作的氛围远没有现在高涨，党办工作不是很忙也就不奇怪了，我作为专职的党务工作者，主要工作就是发展党员，"七一"开展活动，企业刚改制时还有民主评议干部，后来就取消了，总体感觉党务工作大多时间是在应付上级党委一些日常工作，才祥书记还是常务副总经理，有时也会安排一些他分管的工作给我做，比如年终总结表彰工作，我负责会务，荣誉证书印制等。这样的环境，给我创造了学习的机会，才祥让我多看书，多学习，于是我报名参加省委党校干部函授学院经济管理大专班的学习，2004 年 7 月毕业。

2003 年上半年的一天，我和才祥书记有一次聊天时谈到，经贸委系统一家石油机械企业率先成立了党委，我们公司目前党员数够了，是不是也要成立党委，才祥书记说下次总支会上议一下。

几个月后的 8 月 22 日，我根据总支会议决定，起草成立公司党委的请示，公司自 1989 年成立党总支以来，认真地贯彻执行党的路线、方针、政策，紧紧围绕提高企业经济效益，发展生产力，提高企业市场竞争力这一中心任务，全面地加强党的思想建设、组织建设和作风建设，加强企业思想政治工作、精神文明建设，较好地发挥了企业党组织的政治核心作用，有力地保证和促进了企业经济效益与社会效益、物质文明与精神文明的协调发展，企业的各项主要经济技术指标在全省造纸行业中连续十一年名列前茅。2001 年公司被县委、县政府列为县属一级企业。

那个时候，公司党员 113 人，为适应经济建设发展的需要，进一步加强对公司的政治领导，更好地发挥党组织的战斗堡垒作用，增强企业竞争力，根据党章有关规定，请求批准成立公司党委，提名吴永泉、朱才祥、田宏明、季丰文、高云强、薛红俊等六名党员为党委会候选人，实行差额选举产生五名党委委员，拟提名吴永泉同志为党委书记候选人，朱才祥同志为党委副书记候选人。党委下设办公室。

这一年的 10 月 18 日，中共金湖县委以 67 号文件批复给县经贸委党委，同意成立中共江苏金莲纸业有限公司委员会，隶属经贸委党委领导。11 月 12 日县经贸委党委以 24 号文件批复给公司党总支，同意成立公司党委，以及党委会组成人员、党委工作机构、党支部设置等。成立公司党委，这在当时来说，是一件大事，全县是第二家企业党委，公司党政领导高度重视，时任董事长吴永泉对党委成立大会有关会务亲自过问，才祥书记具体抓

图为涂怀军（左一）在金莲纸业党委成立大会上

落实，11月17日公司党总支向各部门，各支部下发23文件，决定成立党委筹备工作领导小组。吴永泉任组长，朱才祥任副组长，总支委员雍殿华、田宏明、高云强三人，分厂斯德瑞克公司党支部书记李佩华和我为成员，同时决定我负责文字材料及会务准备工作。

党委成立大会是在12月4日。

这天上午，9个党支部分别召开会议选举支部委员会，这一年我提出了支部建在大部上，由原来的6个支部，调整为现在的9个支部，原则上党员部门长兼任支部书记，如营销党支部书记，就是营销部部长李汉青担任的。

这天下午2点半，公司党委成立大会如期举行，时任县委组织部副部长张如中，县经贸委党委书记徐长宝，副主任孙应庚，党委办主任邹坚应邀出席会议，参加会议的党员应到103人，这期间转走了10名离退休党员到村居，有选举权的97人，实际到会84人，有选举权的78人。会议首先听取才祥书记代表党总支部委员会作《全面贯彻"三个代表"重要思想，为开创金莲纸业党建工作新局面而努力奋斗》报告，《报告》有12页纸，5000多字，这个工作报告是我起草的，才祥书记修改审核，同时也发至各支部征求意见，先后修改了5次，近10处，最后党总支会议讨论定稿。《报告》由2部分组成，一是公司首届党总支以来的工作回顾。主要开展了"三个代表"重要思想的学习教育，基层党支部建设有了新进展，党员队伍建设有了新增强，深入开展党性党风党纪教育，干部队伍素质有了新提高，工会共青团工作更加活跃、精神文明建设迈出新步伐等，公司党组织先后荣获淮安市先进基层党组织、淮安市思想政治工作优秀企业、金湖县先锋杯竞赛红旗单位、金湖县无偿献血工作先进集体、金湖县老干部工作先进集体等荣誉称号。二是今后五年党委工作的奋斗目标和主要任务。我们党总支任期是 3 年，党委是按照 5 年来的，我们在 2000 年改制，党总支紧接着也进行了改选。才祥书记从进一步加强党的全面建设等 4 个方面提出了党委工作的要点。《报告》多次被掌声打断，党员们对党总支 3 年的工作给予充分肯定和赞许。

会上，张如中副部长宣读了中共金湖县委的批复。大会选举了首届党委领导班子，我任监票员，另外 2 名党员担任计票员、唱票员。在第一次党委会上，推选吴永泉担任党委书记。之前总支建制时，公司一直是明确一名党总支副书记主持工作，董事长（厂长）任总支委员，这次成立党委，县委明确董事长、党委书记一肩挑，才祥任党务书记，其他 3 名同志，都是经营层领导任党委委员，实现了党委、经营层双向融合，才祥书记还是常务副总经理。会议明确了我担任党委办副主任，主持工作。当时公司是"两办"，即总经理办公室、党委办公室。党员大会上，才祥书记宣布了党委成员的分工，以及我的任职，县委组织部、经贸委党委领导先后讲话，对党委成立表示祝贺，对党委工作提出殷切的希望。不久，县经贸委党委批复批准了公司党委选举报告。

我的任职虽然在会上宣布了，但后来一直没下文，也就没享受到中层干部年薪制待遇了，总经理办公室那边也有人说我的任职"黄"了，有一次一个车间主任看见我，就问我担任副主任，进干部队伍，不容易，县里是不是有人？我说哪来的人，我就跟着才祥书记后面干的。后来，我也在党委会上提出，吴永泉一直没点头同意，直到第二年的七八月份原团委书记张俊梅参加洪泽县一个乡镇副镇长遴选调走了，其空缺的职务需要填补，这段时间许多人找关系要做团委书记，大家都知道，团委本身就是清水衙门，但这个位置是中层干部待遇，有一定的吸引力，当然，一般中层干部是不愿意来任职的。张书记临走时，党委也征求她意见，她没有推荐人选。就这样，直到11月12日公司党委下发17号文件，宣布我的任职，党委办副主任、团委书记，分工负责党委办、团委、广播站和计划生育工作。这一年，我34岁。

面对这份任职文件，我非常感慨，后来正如一位副总所说，在我们这个有1000名正式工，1000名临时工的造纸企业，能走进不到70人的干部队伍，太不容易了，尤其是"草根"阶层。对于我的任职宣布，总经理办公室那边也是掀起不小的"浪花"，有人自认为上大楼比我早，能力比我强，学历比我高，岁数比我大，但一直没被重用，心里有太多的不平、不服。任职文件是吴永泉书记口述，我记录，吴永泉书记亲自签发的，记得那天才祥书记在县里开会，其实在我心里，我特别要感谢他，他多次在办公会上提出我任职下文的事情，但他从来没在我面前说过，是有关领导告诉我的。2007年3月，公司股权转让，被外地老板收购，同年11月我离职。

在金莲纸业的十年，有幸经历了公司成立党委，有幸在才祥书记直接领导下工作了近7年时间，学习了很多，成长了很多，收获了很多，乃至后来走上人力行政总监、副总经理，到今天的集团党委副书记岗位，都能把学到的东西运用到工作中去。这么多年，很难忘在金莲纸业党委办工作的日日夜夜，这是我一生念念不忘的财富。

难忘四次肩披绶带的经历

我自 1992 年参加工作至今有 30 年了，有许多难忘的事情，最让我难忘的，也是在脑海里有印象的当属四次披戴绶带的经历。每次披戴绶带都是鞭策和激励。

最近的一次，就是在 2022 年 5 月 2 日，早在前几天区委组织部就联系我说，区里最近要开全区党建工作大会，会上要表彰全区 50 名党员先锋，会上确定 10 名代表上台接受区委领导颁奖，我是其中一个。我听后十分高兴。

图为涂怀军（左三）等与淮安区委领导合影

2 号上午的会议很隆重。我和集团党委李书记一起参加会议，我是前一天晚上从金湖赶到淮安区宿舍的。会议是上午 9 点开始，区委宣传部、组织部、统战部负责人做工作报告，区委书记对全年党建工作提出要求。会上，区委对先进集体和党员先锋进行了表彰。

第三次肩披绶带是 2021 年的事情了。

2021 年 11 月 18 日，这是一个重要的日子，这是一个特殊的日子。这一天是淮安区第五届道德模范表彰大会，我作为道德模范提名奖获得者参加了大会，并受到淮安区文明委的表彰，区委常委、宣传部部长祁素娟发表热情洋溢的讲话。那天也是我自 2009 年到淮安区工作以来第三次肩披绶带并接受领导的颁奖。

那天的我，心情特别激动，无偿献血 20 年，觉得这是我应该做的，没有值得炫耀和表彰的，我是一名退伍军人、共产党

图为涂怀军（左七）参加淮安区道德模范发布会

员，宗旨和使命让我去做好事、善事。据主办方介绍，这次道德模范表彰共收到各方面推荐 212 人的事迹材料，经过初选、复审等环节，最后确定 13 人为道德模范，18 人为道德模范提名奖。对于我荣获道德模范提名奖，集团党委书记说，这也是我们集团的荣誉。

　　说起无偿献血助人，我至今记忆犹新，自 2001 年以来的 20 年每年都坚持献血助人，特别是从 2015 年以来，我由每年献血一次改成两次，由每次献血 200 毫升改成 400 毫升，特别是 2020 年新冠疫情的影响，血站面临供血紧张，我积极响应政府号召，4 月 1 日去当地血站献血，中秋节当日再次撸起袖子献血，得到血站领导的点赞。2021 年 3 月，我从媒体上得知，淮安区团委开展"梦想改造 +"关爱计划，我以新时代淮安职业经理人爱心公益社的名义捐款 1000 元，去力所能及帮助贫困家庭的孩子，为实现"小屋焕新"到"精神换新"贡献绵薄之力。公

图为涂怀军（左二）与时任金湖县委常委、宣传部长周广峰等合影

益社是2000年底成立的，从一个人做公益发展到一群人做公益。

这么多年，我只是做了自己觉得该做的，而且也是能做的一些事情，却受到了江苏省文明网、江苏红十字会网站、中国工会网、《江苏工人报》《江苏科技报》宣传报道。2021年2月1日，江苏先锋网还以《一个集团党委书记的献血情怀》报道我的事迹。这些就是继续做公益的动力和源泉。

第二次肩披绶带也和无偿献血助人息息相关。那是2020年1月20日下午，金湖市民中心会议室内欢声笑语，一派喜庆景象，金湖县道德模范和身边好人迎新春座谈会正在进行。我荣获"新时代淮安好人"，非常荣幸应邀与来自全县各行各业道德模范和省市县好人近百人一道参加座谈会。

在这次迎春座谈会上，时任县委常委、宣传部部长周广峰出席会议，并为我们颁发奖金，我身披绶带十分愉快和周部长合影。周部长在会上，还饶有兴趣讲起我的故事，让我感觉很温暖，说我从原金莲纸业离职后，这么多年始终走在公益的道路

图为涂怀军（第三排左八）和淮安区领导合影

上，始终在帮助他人，给他们以温暖，这是一名普通共产党员的初心。我感谢组织没有忘记我，一个老兵，老党员。

说起第一次肩披绶带，可以说在当时是给我的惊喜了。那是 2019 年 2 月中旬，淮安区委办下发文件，布置 2019 年度先进生产（工作）者推荐评选工作。我时任集团 PC 工厂人力行政总监兼党支部书记。有天下午，时任我助理的黄亚走进我办公室，汇报说新材料产业园领导发来了文件电子档，还有一段话，已经记不得了，大意就是根据推荐评选条件，公司涂总荣获了淮安区好人，新材料产业园党工委推荐他作为先进工作者人选，准备材料。

我听到这个消息，觉得很意外。先进工作者是各行各业先进人物，我做得还不够，也没去想这件事。我让黄亚去如实报告总经理。总经理随即同意，并让抓紧申报材料。2 月 26 日，我作为先进工作者推荐对象在公司公开栏进行了公示，听取广大员工意见。对外公示，我还是有底气和自信的，作为公司分管人力行

图为涂怀军（左三）参加颁奖大会

政的领导，我始终把员工的冷暖放在心上，经常去换位思考一些问题，帮助员工解决工作、思想、生活等方面的困难和诉求。

我的申报材料是时任人事主管朱延庆准备的，他从以人为本，构建和谐促发展；党建引领，文明创建添动力；热心公益，献血助人不言悔等三个方面介绍了我的事迹。材料写好后，我发在部门微信群，征求大家意见，实事求是提供材料。

表彰大会是 28 日在区红军小学举行的。朱延庆主管随我去的，这次表彰大会规格很高，区委书记、区长、区人大主任、区政协主席等区四套班子主要领导出席了会议。区委书记徐子佳做了热情洋溢的讲话。在这次会上，我肩披绶带从领导手中领回红彤彤的荣誉证书，心情无法用言语表达。会后，区领导还和我们合影，这张照片至今还摆在办公桌上，每天都能看到，激励我努力工作，继续为第二故乡淮安区贡献绵薄之力。

不久，我又被评为淮安区优秀共产党员，受到了区委组织的表彰。

上月，爱心公益社于秘书长告诉我说，市区无偿献血 22 年的马某，不幸被诊断为多发性胶质瘤四期，治疗费用近 20 万元，后续仍需要大笔治疗费用，中国好人、市无偿献血志愿服务队队长金驹在微信群号召捐款呢。我让秘书长联系金驹，以爱心公益社的名义捐款 1000 元。

四次肩披绶带，每次都难忘，这是激励，更是责任，帮助他人，是一种幸福，伸出援手，是一种快乐。倾心尽力，助人向善，以爱支撑你我，愿天地大爱，爱暖人间。

盛世中华，如您所愿

——电视剧《跨过鸭绿江》观后感

我是一名退役军人，多次观看电视剧《跨过鸭绿江》，观看中也多次流泪，感受很深，至今难忘。

70年多前，由中华优秀儿女组成的中国人民志愿军，肩负着人民的重托、民族的期望，高举保卫和平、反抗侵略的正义旗帜，发扬伟大的爱国主义精神和革命英雄主义精神，同朝鲜人民和军队一道，上下一条心，里外一股劲，历经艰苦卓绝的浴血奋战，赢得了抗美援朝战争伟大胜利，抵御了帝国主义侵略扩张，捍卫了新中国安全，保卫了中国人民和平生活，维护了亚洲和世界和平。

坚守飞虎山、激战黄草岭、血战松骨峰、寒战长津湖、上甘岭战役……《跨过鸭绿江》从中央领导决策、志愿军将领指挥、前线志愿军战士血战等多个维度，再现了一场场可歌可泣、荡气回肠的战斗，全面还原了70年前那段波澜壮阔的历史。新中国在什么样的国际形势和国内条件下抗美援朝的？彭德怀如何临危受命，率领中国人民志愿军出国作战？38军"万岁军"的称号是怎么来的？黄继光、邱少云、杨根思等志愿军战士为什么被称为"最可爱的人"？轰轰烈烈的抗美援朝运动是怎么展开的？一穷二白、装备落后的中国人民志愿军为何能战胜实力强大、武装到牙齿的以美国为首"联合国军"？《跨过鸭绿江》以最为详实准确的呈现做出有力的回答。

这是一个伟大政党百年征程中的英雄时刻。抗美援朝战争伟大胜利再次证明，没有任何一支政治力量能像中国共产党这样，为了民族复兴、人民幸福，不惜流血牺牲，不懈努力奋斗，团结凝聚亿万群众不断走向胜利。也正是这场波澜壮阔的抗美援朝战争，锻造了由爱国主义精神、革命英雄主义精神、革命乐观主义精神、革命忠诚精神、国际主义精神组成的伟大抗美援朝精神。这一伟大精神是弥足珍贵的精神财富，必将激励中国人民和中华民族克服一切艰难险阻、战胜一切强大敌人。

"光阴流转，历史的接力棒交到了我们手中，不忘初心，砥砺前行。""伟大抗美援朝精神激励我们永远奋斗！"……这是十四亿中华儿女对英雄致敬的真挚话语，表达了在新时代新征程上披荆斩棘、奋勇前进的坚定决心。今天的中国不正是革命先烈的愿望并为之毕生奋斗的吗？

新征程，新赶考。我们党已经走过百年峥嵘岁月，一百年来，党团结带领中国人民接续奋斗，如期实现全面建成小康社会的第一个百年奋斗目标，开启全面建设社会主义现代化国家新征程，中华民族伟大复兴进入了不可逆转的历史进程，展现了新时代的新气象新作为，这是对为了新中国而壮烈牺牲烈士以及死难同胞的最大告慰。历史大势浩荡前行，民族复兴前景光明。党的十九届五中、六中全会为我们建设现代化强国指明了前进方向。这在中国共产党奋斗史、新中国发展史、中华民族文明史上都具有里程碑意义。全面建成小康社会，这只是我们迈向中华民族伟大复兴的关键一步，我们决不能骄傲自满、止步不前，要继续谦虚谨慎、戒骄戒躁，继续艰苦奋斗、锐意进取，为实现第二个百年奋斗目标、实现中华民族伟大复兴而奋力拼搏，为人类和平与发展的崇高事业不断作出新的更大贡献。

人无精神则不立，国无精神则不强。伟大抗美援朝精神跨越时空、历久弥新，也必将永续传承、世代发扬，祖国和人民永远铭记那些最可爱最可敬的人。在新的征程，不忘初心使命，永远听党话，跟党走，与党同心，从党的百年历史中汲取奋进力量，把国家建设好，向着第二个百年目标继续前进，作出新时代退役军人的贡献，续写新时代退役军人新荣光，这就是对英烈们最好的缅怀，更是我们新时代共产党员的责任担当。

观电影《长津湖》有感

前段时间，儿子从南京回来休假，告诉我说："爸爸，最近各大影院上映《长津湖》电影，您是一名老兵，您看了一定又一次难忘激动。"儿子知道我喜欢看战争片，前段时间看了《跨过鸭绿江》就看了两遍，每次都流泪。于是我在一个周末的下午观看了《长津湖》，深受教育，心潮澎湃，令人难忘，可以说《长津湖》是抗美援朝精神的史诗化书写。

72年前，新中国刚刚诞生一年，百废待兴、百业待举，全国人民响应党的号召，为争取国民经济的根本好转而努力工作，全力医治长期战争造成的创伤，恢复凋敝的国民经济，全身心投入到重建美好家园中。当时的中国，迫切需要一个和平稳定的环境，来搞建设。但是，美国从维护其全球霸权出发，不顾中国政府的严正警告，悍然派其海军第七舰队侵入台湾海峡，武装干涉朝鲜内战，并将战火烧到鸭绿江边，给我国东北人民生命财产造成严重威胁和损失，国家安全面临严重挑战，国家利益受到严重损害。在此大背景下，应朝鲜党和政府请求，党中央毅然决然作出出兵朝鲜、抵抗美国暴行、保家卫国的历史性决策。志愿军将士的流血牺牲、无私奉献，换来了今天的山河无恙、家国安宁。

我属于国家，守护山河无恙是我的初心和使命。

影片中的穿插连是抗美援朝精神的集中体现。连长伍千里准备给住在破船上的父母盖几间房子，指导员梅生想多陪陪久别的女儿、教女儿学文化，老排长"雷公"想找个安身之处、种上几亩地……但当帝国主义将战争强加于我们、国家安全面临严重威胁之时，所有官兵都听从党的号令，义无反顾，舍小家，保国家，迅速从四面八方归队集结，展现出面对侵略者万众一心、勠力同心的民族力量。

毛岸英坚决要求奔赴前线战场；在家休假的连长伍千里接到命令立即归队；本已复员的指导员梅生骑车长途跋涉，终于与集结北上的队伍会合……人民志愿军别无选择，流血牺牲也义无反顾。影片中，美军飞机狂轰滥炸下的边陲城市安东与风景如画的鱼米之乡浙江湖州、巍峨庄严的万里长城形成强烈对比。决不能让战火烧到祖国大地，不能让敌人夺走我们的土地，不能让敌人剥夺来之不易的胜利果实，梅生的话说出了全体志愿军指战员的心声："这场仗如果我们不打，就是我们的下一代要打。"

我在阵地在，誓与阵地共存亡，确保不丢失一寸土地。

抗美援朝战争就是一场高度"不对称"的战争。在美军拥有全套机械化装备、绝对掌握制空权的情况下，志愿军武器装备落后，保障生存的生活物资也极度缺乏，在零下40℃极端恶劣的战场环境中，我们的战士却身着薄棉衣，吃炒面、啃土豆、喝冰水。但他们忍饥受冻也决不退缩，即使冻成"冰雕"仍保持着严整的战斗队形和冲锋姿态，展现出中国人民志愿军"人在阵地在、誓与阵地共存亡"的坚定决心和不畏艰难困苦、坚韧不拔的革命风骨。

老排长"雷公"为引开敌机，驾驶载有标识弹的汽车，不惜自己粉身碎骨。特级战斗英雄、连长杨根思抱起炸药包冲入敌群，与敌人同归于尽。面对强敌飞机狂轰滥炸、坦克横冲直撞、大炮肆虐狂吼，志愿军战士视死如归、前仆后继、愈战愈勇。他们舍生忘死、向死而生的英雄气概值得后人学习。正是凭借这种精神，在武器装备、保障条件悬殊的情况下，志愿军第9兵团打败了战功显赫、武器装备世界一流的美军第10军，让美军王牌部队经历了一次惨败，创造了抗美援朝战争中全歼美军一个整团的辉煌记录。

精神长存，激励后人血脉薪火相传。

"雄赳赳、气昂昂，跨过鸭绿江。保和平、卫祖国，就是保家乡……"抗美援朝战争是一曲气壮山河的英雄赞歌，唱响的是为了祖国和民族尊严而奋不顾身的爱国主义精神；长津湖畔的"冰雕连"，铸就的是为完成祖国和人民赋予的使命，慷慨奉献自己一切的革命忠诚精神；英勇牺牲的邱少云、杨根思、黄继光等英雄，用鲜血和生命捍卫了和平的环境，幸福的生活来之不易。这段非凡的历史，祖国和人民不会忘记。伟大抗美援朝精神跨越时空、历久弥新，我们要永远传承、世代发扬。

70多年前的抗美援朝硝烟早已散去，《长津湖》以开创性的战争题材电影样式，引领观众走近父辈、走近英雄，面对祖国的大好河山肃然起敬，眼中充满对祖国的爱；分到土地的父母叮嘱儿子"来之不易的胜利果实不能被敌人抢走"；梅生怀中揣着女儿的照片，希望后代生长在一个没有战争的年代……这一切都在告诉我们：正是志愿军战士以"钢少气多"战胜了"钢多气少"，才彻底粉碎了侵略者陈兵国门、将新中国扼杀在摇篮之中的图谋，拼来了今天的山河无恙、国泰民安。电影深刻展现出抗美援朝精神的精髓，并赋予其新的时代光彩，砥砺我们的奋斗意志。

　　以史为鉴，是为了更好开创未来。如今的中国，让烈士欣慰，如他们所愿。伟大的抗美援朝精神，将永远成为中华民族伟大复兴之路上的精神财富，也必将指引全面建设社会主义现代化强国、实现中华民族伟大复兴的全程。

顺境不飘

每个人都有或多或少的烦恼，而真正强大的人，能够始终面带微笑，坦然面对现状。遇到困境依然笃定从容，不放弃对未来的热切憧憬，才能不断挖掘出前行的力量，低调谦逊，稳打稳扎，你只要飘，必定凉。

——题记

公元 214 年，经过十多年的征战，曹操重挫北方袁绍，尽取其地，大败乌桓，收编精骑，军事力量大增，西平定凉州，击败马超，至此，北方大片江山尽握其手，天下已占大半，一时风光无两，势不可挡。

当时汉献帝都昭告天下，特允他可以使用天子旌旗，出入和天子一样待遇，彼时的曹操离皇帝之位只一步之遥。其手下的百官纷纷劝他称帝，甚至连孙权也派遣使者表示，自己愿称臣。然而，曹操只说了一句：这是想把我放在火炉上烤啊！处于巅峰时刻的他，没有得意忘形，而是比谁都清醒，深知此时称帝，只会成为众矢之的，受到攻打。

历史上，有多少人没有被打倒在逆境，却栽倒在了顺境。历经六次落榜，终在第七次考入仕途的曾国藩，一路顺风顺水，尤其从入翰林院，到被皇帝授权创办团练，更是风光无限。随着权力的日益增大，他开始飘飘然，做事刚愎自用、目中无人。最终，官场结怨一片，群起而攻之，最终被革职了。

器满则溢，人满则丧。"一个自大的人，最终会在傲慢和膨胀中迷失自我，毁灭自己。"我忽然想起 2 年前，好友王总在一次朋友聚餐中说过。

记得那次聚餐至少 10 多人，都是做企业管理的，有不少还是员工培训方面的专家级的资深 HR。我当时在集团 PC 工厂担任人力行政总监、党支部书记，难得出来交流分享。

那天每人都分享了一些思考、感悟等，黄经理话好像多些，大家问他在企业做什么的？他侃侃而谈，主要做人力资源的，从招聘、培训、薪酬福利等，大家感觉他似乎无所不能，面面精通。他甚至说，老板特别重用他，他在企业有过得硬的话语权。

他话音刚落，有人就问他的薪资和担任职务，说你工作这样忙，老板这么重视你这个人才，肯定是聘请担任副总或者常务副总了。

黄经理这时停顿了，说担任人事主管，每月 5000 元。

他不说不要紧，这一说把大家逗乐了，大家面面相觑，在座的至少八九位是企业高管，一二个还是部门经理。唐总望着我笑，我也笑笑。我有一次去参加赵经理聚餐，我让部门胡主管随行，整个饭局，胡主管几乎没说话，忙着服务。人要清楚，你在不同环境，要清楚自己的位置，千万不要飘。

后来有人说，黄主管离职创业了，再后来也就消失于江湖了。

多年前，我在企业担任办公室主任，有一次跟总经理聊天，总经理说的一番话，让我至今不忘。他说，职场人要清楚，你担任的职务和拥有的权力，都是有限的。后来，我在工作中也体会到他话的精髓。

有一天下午，总经理来我办公室问王部长来了没有？我回答道，还没看见。总经理走了。

过了半小时左右，总经理又来问了。我告诉他，还没来。同时，我又问，总经理有事？我去找他或者等他来了就转告。总经理说，明天上午开会，会议室做个会标。我知道，这么多年公司做会标、宣传橱窗，都是公司党委宣传科负责。我看总经理着急的样子。"总经理，会标内容给我，我去安排做吧。"我说道。

总经理拿起笔在我的本子把会标内容写出来。我随后去会议室量了尺寸，接着上街找了广告门店，一个小时后，一幅红底黄字 5 米长的会标悬挂在会议室，总经理看了非常满意。再后来，人事调整、宣传等方面的事务，由我负责。经历多了，经验也就有了。

这么多年，我无论在什么岗位，只要是我选择或认可的岗位，我都会以极大热情，尽力去完成各项工作任务。做好本职工作是本分，要有守土有责的思维和能力，不怕诽谤，不怕受打击，如果获得表彰就是激励和鞭策，永远不要活在别人的眼里，不然你就死在他们的嘴里。

坦坦荡荡，虽逆境亦畅天怀；战战兢兢，即生时不忘地狱。要时刻自省。失意时不迷茫，是一种魄力；得意时不忘形，更是一种智慧。

古今之才人，皆以傲字致败。顺境不飘，也是一个人最大的修养。

第三辑

一直在路上

在静默中做好自己

同样的世界，在不同的人眼里，是不一样的色彩。三观不同，立场不同，格局不同，百口莫辩。纵使你解释再多，也无法得到认同，反而成了诡辩。在静默中做好自己，远比解释证明更为重要。

——题记

最近，在哥哥办公室聊天，我说到最近发生的一些事情，听到不少议论，说什么的都有。哥哥说，任何事情、任何工作，不可能都是赞同声，如果你活在别人的眼里了，就会死在别人的嘴里。

生活中，我们常常会无限放大他人的言论，而反复缩小自我的感受。别人给予称赞，你就立即笑靥如花，别人质疑否定，你就按捺不住去解释。你要明白，无论你怎样解释，总会有人不喜欢你。

在我看来，对立面不信你的解释，懂你的人，无需解释心自明，不懂你的人，说破嘴皮仍苍白无力。

姑姑从乡下到城里跟表哥住在一起，每天闲来无事，便在小区里捡废品。我们都知道，姑姑劳碌一辈子，虽然岁数大了闲不住，她一半是为了有事可做，还有就是锻炼身体。

也正是岁数大，让她成为了很多人茶余饭后的谈资。有人说，一个捡垃圾的老太太，天天这么辛苦，儿女肯定不孝。也有人指着她教育孩子说："不好好读书，以后就像她一样，老了还要捡垃圾。"

有一次，我问姑姑小区有人说她，为什么不解释一下？姑姑淡然一笑，说道："有些人从心里就看不起捡废品的，你说再多也无用。还有，我耳朵聋，也听不到他们说什么。"

在蜡烛的世界里，电灯泡都是有罪的。在天鹅的世界里，乌鸦也是有罪的。有些人，只愿相信自己想相信的，很难与他人感同身受，这世界根本就没有感同身受。

有些事，彼此立场不同，很难解释清楚。不是所有的事都有是非对错，很多时候只是各自立场不同。生活各自不易，个人所求不同，各自立场不一，不要在别人心中修行自己，也不要在自己心中强求别人。每个人的境遇不同，很难看法一致，每个人的立场不一，很难互相理解。

世上存在着不能流泪的悲哀，这种悲哀无法向人解释，即使解释人家也不会理解。别人不会懂你所求，更无法看透你的心，既然无法被理解，又何须费心去解释。与其把心思浪费在解释上，不如在限的时间里忠于自己。

心态不同，格局立现。站在高楼上的人，目之所及是蓝天，心之所向是远方。而站在楼下的人，眼前皆是尘土，心中藏尽嘲讽。格局不同，层次各异，便无需多言。所谓格局，其实就是你眼界的广度，思维的深度，追求目标的高度，以及你身上所体现的从容大度。人这一生，都在为格局买单。格局越大的人，心胸越豁达，越自在从容；格局越小的人，内心越狭窄，越满腹黑暗。

林肯曾说过："任何决心有所成就的人，决不肯在私人争辩中耗费时间。"小草因风向而动，大树从不惧怕风雨，大格局的人，从不会囿于别人的言论之中。

你的节俭，于他而言成了抠门；你的活泼，在他看来成了轻浮；你的无助，以他的视角也成了矫情；你想做事，在他看来就是好权；你的积极，在他看来成了好表现。

鲁迅先生说过："惟沉默是最高的轻蔑。"人生风度，无需刻意。不必向三观不同的人解释，沉默是对轻看最好的回击。

永远不要向别人解释自己。作家刘同说过一段话："以前总是去解释、去理论，是怕，怕自己得罪人，怕自己被人灭了，怕那些不停蹿动的小感受。现在不去解释，不去理论，还是怕，怕浪费自己的时间，怕自己模糊了焦点，怕影响了品尝现世生活的胃口。"

别人的眼里，没有你想走的路，别人的嘴里，开不出你喜爱的花。与其在别人嘴里忙不迭地解释，不如在自己的世界里独善其身。余生不长，时间很贵，永远不要向别人解释自己。

心若不动，风又何惧。人活一世，别人说什么并不重要，重要的是，按照自己的方式过好一生。

离职看人品，也看契约精神

最近，有几个好友给我发信息说离职了，他们都按照离职流程办完了工作交接，在等待结算薪资时，公司却说没钱，要等一段时间。朋友说，他们很纳闷，当初离职时，他们说离职看人品，我们人品没问题吧，该移交的已经移交，企业结算薪资不也是看出老板的人品吗？

我听完他们的"牢骚"，告诉他们离职看人品，也看契约精神。你在职场无论多优秀，都因为你的离职而被一笔带过，这是现实。员工离职，按照法律法规办理手续，进行工作交接就可以了，企业办理薪资结算，出具离职证明，档案移交等手续。各自履行手续结束，劳动关系就结束了。工作交接好与不好，都跟制度执行有关，而人品在离职手续办理中有一定的影响，但不是决定因素。

有数据显示，现如今人们在一个岗位上从事的时间仅为4.6年，我们的职场环境已然不再可能让我们在一个职位上工作到退休。因此离职换工作是如今职场人的常态，可以说是工作的一部分。很多人会在离职的时候想：反正我都要走了，随它去吧。好聚好散是大多数职场人的心态，既然走了肯定有不满意的地方，尤其是对自己的"顶头上司"，尽早结束离开不开心的地方。当然也有个别职场人，因为个人诉求没有得到满足，不是很愉快离职，也有与"东家"对簿公堂搞得"两败俱伤"。

你以为离职就意味着相忘于江湖，但实际上江湖说大也大，说小也小，你根本就不知道在资本的促使下未来会和谁有交集。而离职时是否善后，则决定着和你产生交集之人，愿不愿意再次和你合作。如何开始与如何结束，是任何职业关系中最为重要的部分。笔者在企业担任人资副总多年，也经历过离职，记得多年前在 KY 公司离职的情景至今难忘，导致我提出离职的原因，是公司单方面调整我的工作岗位，调整岗位的理由也很牵强，毫无事实依据，而且新岗位与我的专业相差甚远，我知道这是"小人"利用年轻总经理故意而为，目的很明显就是逼我离职，说我遭人"暗算"一点也不夸张。客观地说，我和总经理配合还算不错，尽管总经理很年轻，从职场角度我非常尊重他，主动担当，也就因为他的年轻，有些人出于自身利益的考虑，在他面前添油加醋说了我不少坏话，总经理选择了相信。后来，有领导说，总经理年轻驾驭全局的能力和领导艺术还不够，这也是要历练的。我对调岗提出异议，总经理则说，你想去告就去告吧，无所谓。后来，我从大局考虑，决定办理离职手续，所有的资料都很完整地进行移交。我想，即使 2 年的工作业绩被忽略，我也要不给他人留下"口舌"而去。这件事，后来惊动了更高的领导，我被安排到其他联合公司担任副总经理，主管人力行政工作，还兼任党支部书记。

现实职场中，我们往往专注于如何开始，但对于结束却总是考虑不周。大部分人离职后与"前东家"形同陌路，只有极少部分人能够保持良好关系，再见亦是朋友。我前段时间撰写的《职场人怎么面对"回炉"？》一文中说，对于大多数人来说，既然离职了，就不会再回原公司，而有些人"回炉"，从内心深处来说是别无选择，生活所迫。

应该说，大多数职场人是讲"规矩"和契约精神的，他们在离开原岗位的时候能够做好交接工作，不甩锅、不推卸责任、不因为自己的行为将原公司置于糟糕境地。这样的行为不管企业有没有表达出赞赏，你这个人在其他同事面前的形象无疑更上一层楼。离职时做好善后工作，是讲规矩的表现，具有前瞻性思维。现实生活中优秀的员工离职时善后工作做得好，因此赢得职场的赏识，2012 年 10 月，我在一家美资企业 KA 公司离职，按照约定我离职后在家休息一个星期，薪资照发，不能离开所居住的城市，以免公司有事需要我回去，找不到我。我按照约定做了，可后来财务人员在核算薪资时却扣了我一周的薪资，我发短信给董事长，董事长没有回复我。半年后，董事长联系我，希望我再回来工作。我婉拒。多年后，我说起这件事，我告诉周围的朋友，离职不仅是考验劳动者，同样也是考验企业和企业主，考验不仅是人品，也是契约精神。

我们眼前的每一个结果，都是我们曾经亲手种下的因。职场是非常残酷，但若完全不重视自我修炼，其实走不了多远。能力决定你走向什么方向，而德行则决定你能走多远。当一份工作结束，你的人品就是别人评判你的基准。所以当一个人事业发展不顺，有时候还真不是因为机遇不好，而是修为不够。得到和付出不一定成正比，但不付出就想得到无异于白日做梦。

有人说，职场像战场，到处充斥着激烈的竞争，但本质上还是人与人的关系。很多人在生活中能够处理好人际关系，却处理不好职场关系，是因为他们把职场和人本身割裂开了。实际上公司本质还是人，合作的关系可以轻易更改，但人与人的关系则不然。用处理人际关系的态度去处理职场关系，你一定会有收获。一个人修为深厚，人品俱佳，外加一点努力，在职场上会走得顺亦会走得远。当然工作是双方的合作，很多职场人在离职的过程中，也会遇到不太优质的老板，比如给即将离开的员工少算薪资、各种给员工穿小鞋。这种现象导致很多人在离职的时候，不愿意善后，因为觉得反正也不会有人记得自己的好。这种行为只会招致职场的恶性循环，聪明的公司从来不会如此行事。若不幸遇到，职场人也无须过于纠缠浪费自己的时间成本。我们无法一刀切就断定这样的公司一定不盈利走不远，但这样的公司注定不得人心。优质的公司，企业所营造的心态注定是开放的，胸怀注定是广阔的。

在职场，如果企业认为能永远困住人才，那才是愚蠢的，企业的稳定发展靠忠诚度，更靠制度，包括管理、激励、人文关怀等制度。你应该在他们离职以后，继续与他们保持联系，把他们变成拥护者、客户或商业伙伴。企业有这样开放的心态，才能更好地招贤纳士，为企业发展积累人才。这应该成为企业界的共识，并努力去做到。

未来未知，谁都不知道明天的决策权会在谁手里，所谓做人留一线，他日好相见。在职场尤其如此，善待自己生命里的每一场人际关系，最终我们一定会受其各种形式的恩泽。或者退一步讲，至少不会良心不安。很多时候，契约看的并不是你的精神，而是态度。

职场人怎么面对"回炉"？

自 2020 年 10 月底回到集团转岗到党委系统工作后，就很少关心人力资源方面的事务了。最近接到昔日同事的电话，他们都说了同一个事情，就是好几个离职员工又回原公司了，他们中有高管，也有普通员工。其实，对于这个事情，我以前思考过，劳动者面临的就业外部环境也在不断变化，有些人在不同的时期，面临不同的境遇也会有不同的思考和选择。

选择要慎重，心里明白要什么

在日常生活中，我们经常听到一句口头禅，就是"好马不吃回头草""回炉的烧饼不香"。"好马不吃回头草"，如果要从字面意思来理解这句话的含义的话，那就是一匹好的马儿是不会吃自己已经吃过的青草，在现代社会中也代表劳动者在与"东家"分手之后就不会再回到过去了。在大草原上，经常会看到许多的马儿自由自在地去吃草，马儿是古代的交通工具，因此马的质量好坏也是非常重要的，好马会认定一个方向沿着草吃下去，直到吃饱为止，就算周围的草再怎么好，也不会回头去看它。这也表达了一个人应该专注自己的事业，不要因为一些事情变得三心二意，因为坚持自己的目标，最后才能获得成功，这句话也是告诉我们做人要有骨气，不要总是走回头路。

有的人的确做到了，离职后头也没回就和前"东家"拜拜了。从笔者这么多年从事人力资源工作来看，大多数员工离职后是不会再回到原企业的，因为在他们看来，走了就走了，没有什么好留恋或者牵挂的，如果说工作中处得不错的好同事，离职也不影响交往，反而更自由，不受拘束。"世上路有千万条，为什么要走回头路，打死也不愿意。头可断，血可流，回头路绝对不会走。"原在 Y 公司离职 2 年的李经理说。

李经理原本在 Y 公司主管采购工作，入职满 2 年了，有一次因为工作上的事情和老板闹得不愉快，也许这件事是离职"导火索"吧，李经理很淡定地提出了离职，在离职缓冲期李经理生病了在家休息，老板知道后带着主管上门看望，随行的主管都劝说李经理不要离职了，大家在一起挺开心的。李经理没有做任何表示。一个月后，李经理办理了离职手续。李经理说："我知道，我心里要什么，趁着年轻多积累经验很重要，职场不是讲感情的地方，有实力说话才硬气。"

笔者了解到，许多劳动者离职主要还是和上司关系没处好，入职是因为公司，离职就是因为上司了。而且每个劳动者心态、经历、经济状况也不一样，他们面临的职场困惑或者工作上的困难，包括人际关系的处理方式方法也不一样。FS 公司的小刘，在 FS 公司五年了，和他一起入职的五个人相继离职了，小刘一直在坚守。"不是因为公司好，而是我没选择。"小刘说，大家都表扬我有忠诚度，难道我不想有更好的环境和收入，我自身条件不允许呀。

职场中像小刘的情形很多，他们从心里来说渴望改变，让生活过得更舒心。由于没有一技之长，只能默默在一线坚守，也有由于年龄、家庭状况不允许劳动者"折腾"。笔者曾经召开过一次员工座谈会，有员工就坦言，车贷、房贷就能压垮年轻的一代。他们说，每月 15 号固定的还贷日，工资迟发一天都不行，哪敢跳槽换工作。每次换工作都是被动的，没办法。

说了这么多，似乎与原"东家"扯远了，劳动者在职场要清楚自己想要什么，是知识、经验、人脉、社交、收入，还是其他什么，只要清楚心中所求所需，就知道怎么和"东家"相处，是忍，是混，是进取，还是此处不留爷自有留爷处？

"回炉"，并非情出自愿，大多迫不得已

朋友王总，去年 8 月从公司离职了，但受疫情影响，一直未找到心仪的工作。据说当时离职也是因为和总经理处得不太和谐。

今年春节后，王总向老"东家"传递信息，希望再"回炉"。而原公司因为王总走后，业务开展得并不顺利，这个时候大家又"想起"了王总，说他虽然毛病不少，脾气暴躁、会骂人，但工作能力还是可以的，名牌大学毕业，有人提议想回来就回来呗，此时正应验了"一个锅要补，一个要补锅"，一拍即合。经过两三次沟通，回来还是原职位、原待遇，继续担任副总经理，主管营销工作。

很多人都会纠结"要不要吃回头草"的问题，有人认为："只要草好，为什么不回头呢。"找工作时，所有的公司都是在一个蓄水池中，求职者在这个蓄水池中寻找心仪的工作。当然，原来的公司也包含在内，如果这个公司完全符合自己的预期，为

什么不去呢？当然，选择是否回到原公司时，也要避开风险。因为很多情况下重新回到原公司，可能会出现离职之前出现的困局，面临同样的局面。但是经过深思熟虑，多方考察后，如果原公司符合自己的预期，大可将原公司作为自己工作的选择。王总后来说，选择回到原公司，是没有办法的办法，幸好原位置还在，有机会回去，但话又说回来，离职后折腾了大半年也没回到"正轨"，家里几张口在等饭吃呢？其实谁不想往高处走？可你有能力、有机会走吗？

小张离职不到一年半又回来了。新公司效益不好，订单越来越少，市场竞争激烈，员工的福利越来越少了，小张想想原来的公司虽然有不满意的地方，但跟现在的状况比起来，还是要好很多。于是和老领导联系上，表达想回去的愿望。老领导及时把信息汇报公司，老板考虑到小张做事还可以，公司又远离市区，招人不太好招，况且小张也是熟手，也就同意了。不过原来的职位没有了，经济待遇可以考虑和离职时一样。"出去转了一圈，又回来了，左看、右看还是原来的好。"小张说。同小张一样想法的人还有很多，他们离职时对自己看得太高，认为自己有经验，同行会抢着要。笔者在担任人力行政总监时经常与员工聊天时听到，哪家公司愿意出多少薪资挖他过去，但对公司有感情，所以就一直没走，并以此来跟公司谈提拔调薪晋升的"砝码"。我却不当回事，在员工培训时就说过，你走出去试试。后来我还修改《员工手册》时加上一条：离职员工（家庭原因除外）公司2年内不得录用。没想到，一公布还有效降低了离职率。

就在前几日，我还当面与一名95后员工小徐探讨，离职后是否愿意回来，他反问我"为什么要回来？真的没有新路和选择了吗？回炉的烧饼香吗？"我们前面分析，这种被动选择"回头草"，在中年职场人偏多，他们面临着上有老、下有小，生活压力巨大，"回炉"只能作为当权宜之计，并不能作为长期选择，也会面临着被部分员工瞧不起的"尴尬"之地。

从心而选，从心出发，期待职场更顺畅

当然，有一种叫"衣锦还乡"就另当别论了。唐总离开 FS 公司 2 年后，再次回到 FS 公司，离职时唐总还是总经理助理，这次集团邀请他"出山"回 FSY 公司是作为总经理回来的，在见面会上，许多人投来羡慕的眼神。有的喜上眉梢，老领导回来了，有贵人相助，可以合作大干一场了，也可以再进一步了。也有人私下在为自己的"命运"担忧，明天和"失业"不知道谁先来？后悔当初是不是太"势利"？

我们应该看到，劳动者"回炉"，不一定回到原有的岗位上。在新的岗位上，就需要放下原有的关系网，重新营造新的职场关系网格。很多企业的员工流动性大，即便你回到之前熟悉的岗位上，很可能因为时隔一年半载，直属领导和同事都已经换人，但你直属领导的上级却是老面孔，甚至还和你关系很好，这等于是在给你的直属领导出管理难题，也不利于后期工作的开展，如何处理好关系也是要面临的课题。

职场的"围城"充满变数，不管是接受还是拒绝老东家的橄榄枝，职场的竞争最终还是能力的竞争，只有具备不可替代的能力，才能在职场中游刃有余，主动求变。在选择职业发展的时候，既不能困顿于"好马不吃回头草"的禁锢，也不能盲目接受"回炉"的邀请，认清自己的方向，才能从心而选，从心出发。

（文中人物均为化名）

天道轮回 我心无愧

莫言说，当别人做得越绝，你反而越容易走出去，所以有时候你要感谢那些毫无顾忌你的人，遇人不淑，放手就是进步，越是苦苦纠缠，就越是罪孽深重，当你转身，留下的是背影，面向的却是大海和星辰。

——题记

昨天（2022 年 3 月 2 日）临下班时，在翰文办公室聊天，他告诉我说，最近看了《春雨集》，里面有许多文章写得很棒，分析得很透彻，深受启发。

翰文说，《春雨集》中有很多"金句"，比如："1% 的差错可能导致 100% 失败""人不是被别人打败的，而是自己打败了自己，丧失信心是最大的不幸""契约精神，远比家人文化更务实""愿你我心怀勇气，熬过风雨，无愧己心，在自己的节奏里过好这一生"……

说起我的《春雨集》，有许多文章是我 2020 年 1 月离职赋闲在家写的，翰文说，在我文章中也看到了，赋闲 3 个月。离职对于任何人来说，起码不是一件寻常事，尤其是被动离职，让人心里极不舒服。我跟有些人说，我作为公司创始领导班子的重要成员突然离职了，心情是可想而知。

　　那年那月，年会的欢笑声还未散去，我接到集团董事会工作人员电话，要求去谈话。三天后，我离职了。当时，我想，让我离职也许是天意吧，至少是上天在妥协，我改变不了，就放过自己，一日三餐正常进行，妻子和往常一样上下班，不干涉我的事情。后来回忆起赋闲的时光，觉得过得很充实。我跟翰文说，所有的底气，都来自口袋，如果我的能力只能让我穷困潦倒，那穷困潦倒就是我的价值，只要不是我觉到悟到的，你给不了我，给了我也拿不住，只有我自己觉到悟到，我才可能做到，能做到才是我的。

　　上苍不枉赶路人。那年疫情挡住了许多职场人奋斗的步伐，三个月后，领导让我去另一家联合公司工作，担任副总经理。我的书稿和我一起离开了工作、生活20多年的城市，白天忙工作，晚上忙写作，有时和保安部同事聊聊天了解当地的风俗习惯，关心他们的工作。

　　这段时间也写了不少文章，这些文章，多与我的经历和实践相联系，包括人力资源和行政管理工作、党务和工会工作、企业文化和读书会工作、爱心公益社和无偿献血工作等方面，宣传了党的路线方针政策，阐明了自己的想法、观点、看法，提出了解决实际问题的思路、原则和方法。这些文章很有现实意义，接地气的作品才有生命力，才会被读者接受认可，后来回金湖干脆又给自己放一次假，花三个月时间继续整理文稿，直到书稿整理完毕，向董事长汇报并回集团工作，担任党委副书记，主持党委日常工作。后来，有人说我回集团就进领导班子了。我长期在企业经营管理层分管人事行政工作，一直主张职场必须讲究人品、能力、岗位、薪资四者的"匹配"，才能合作长久。

经过大半年的努力，我的《春雨集》出版了，集团主要领导高度重视，称赞有正能量，值得一看，富有启迪意义。淮安区总工会领导非常关心，给予支持。有意思的是，有的人看了还"对号入座"，我心想，是你高估了自己，还是我文笔不行，误导你了，在我脑海里，就没你的"痕迹"。

上个月，集团举行领导班子成员述职会议，我信心满满地在述职报告中说，党委副书记岗位也是人生舞台，履职尽职是本分，做到"三省吾身"，人生每天都在"直播"，用心干事，珍惜平台，感恩"贵人"，也要感谢"对手"。述职会结束，有领导联系请我把述职报告发给他学习，说是我的述职报告很带劲，富有感染力，激发共鸣！

人真正的修行，就是让每个靠近你的人舒服，不刻意、不勉强，自然而然，从善如流。前不久，集团领导在干部大会上要求我们干部要强化自我约束，时刻自警自省，自觉净化社交圈、生活圈、朋友圈的话语还在耳边回响，这是关爱，更是提醒，因为有的人吃了苦头、栽了跟头。

写到这里，我想起上周回金湖，妻子告诉我说，她去看相了。我批评她，那个你也信？妻子说，那人看相很准，有的人天生对易经就有研究。妻子说了一通，给我留有印象的是，要我注意防"小人"。相命的说了，前两年离职，就因"小人"作祟。我问妻子，"小人"怎么防？在我眼里，心术不正的人连利用的价值都没有。不过，亲君子，远小人，古人就有教导。

生活在这个世界上，每个人都在为自己的梦想努力拼搏着，无论穷人还是富人，都有烦恼、快乐，期盼，也有遗憾、失望等。在追求人生的道路上，有的人走在蜿蜒小道上，有的人走在阳光大道上，有的人默默努力，有的人铤而走险，走上了悬崖绝境。都说条条马路通罗马，有的人就在罗马。那我们就该放弃梦想吗？我们结合自身情况，制定不同阶段的目标，个人的，家庭的，工作的，让梦想照进现实，只要有梦想，谁都了不起，因为人生不设限，成功无边界。梦想只会眷顾坚定者、奋进者、搏击者。山再高，往上攀，总能登顶；路再长，走下去，定能到达。

自古以来，都有魔高一尺，道高一丈的说法，俗话说得好，邪不胜正，生活在这个世界上，还是要敬畏自然的力量，敬畏自然的法则。敬畏人性的力量，在自然灾害面前，人永远无法胜天，因为一个地动山摇，就可能让多年的努力毁于一旦。我们也要相信，即使"小人"很龌龊或者还过得很风光，但是，恶，永远赢不了善，不是不报，只是时候未到。

万里长城今犹在，不见当年秦始皇。生活在这个世界上，我们必须要有敬畏之心，俗话说得好，人在做，天在看，举头三尺有神明。我们不是圣人，没有能力拯救苍生。但我们可以做一个明理之人，做一个善良之人，做一积德之人，有颗善心，常存善念，多做善事。这些观点，在我即将出版的第三部随笔集《红叶集》可以看到。

品读历史，总是有许多惋惜，生活在这个世界上，每个人都想过得丰富多彩，活出一个人样来。人的一辈子，应该怎么过，什么是对，什么是错，怎样才是最好的选择，没有谁告诉我们正确的结果。我们都在积极努力，一切都要靠我们自己慢慢摸索，还是听从自己内心的声音，过好"直播"的生活。人生道路上会遇到许多"十字路口"，如何权衡，则是一个极难的选择，它考量着我们的智慧。前几日，水清秘书长在我办公室交流爱心公益社工作，我跟他说，干部就是要做到干净、干事、干练、干劲，思维方式决定工作成效，有的时候，我们只要拐个弯，坏事也能变成好事。

　　心存相信，善恶有报，天道轮回；抬头看苍天，苍天饶过谁。当福气来时了，就好好珍惜，好好享受，面对不幸，不要沉沦绝望，要勇敢地把灾祸踩在脚下。

这些年，这些事

最近和几位朋友聊天，大家都在感慨时间过得真快，看着我给《萤火集》读者签名的时间是 2019 年 8 月份，等第二本书《春雨集》出来的时候应该到今年春夏时节了吧。

以往每到年底都会思考一年来的收获和心得，感觉这些年一直很忙碌，人一旦忙起来就很充实，感觉时间不够用，这些年我先后在集团 PC 工厂担任人力行政总监，连云港 PC 工厂担任副总经理，2020 年回集团担任党委副书记，不同的职位收获也有不同，这些年颇有感悟。

这些年跑了不少"码头"，有的是组织安排，也有是"跳槽"，当然被离职也有，但不多。经常有人关心我，过得怎么样？我是实话实说，在外打工很辛苦，也很愉快。赵经理 10 年前就说我把和老板的关系一直看作是合作关系，彼此依赖。我曾经开玩笑说，职场去留犹如树叶的离开，是树的不挽留，还是风的追求。

这些年同行们时常讨论一个话题，就是在一个单位工作是不是越长越好，有的人述标榜自己思十企业，思十老板。也有个同的观点，提出了反驳，认为你在一个单位干了时间长，说明这么多年你没有更好的选择，没有比现在更好的待遇和环境。有一次聚餐时，好友周总说："在你没有其他选择时是最忠诚的。无论在什么单位，到手收入是硬道理，不要穷得很稳定就行了，到新亚、金鹰购物不先看价格就行了。"也许大多数人都喜欢在熟悉的环境，年复一年重复着劳动，又在患得患失中煎熬，最终选择安于现状。多年前，我就说过，资历不当钱用，经验能体现价值，创造价值，而经验哪里来，需要靠实践，我书里的故事许多都是实践中总结思考写出来的，给人启迪和借鉴。

2017 年、2018 年重点忙投产前的各项准备工作，我主要负责人员的招聘和培训工作，许多员工第一次坐上飞机去长沙远大住工集团培训，心情特别开心，这也为招工打开了局面，收获很大。3 年的年会，是一年比一年好，规模也是越来越大，节目的水平逐年提高，精神产品丰富多彩，文化与待遇留人齐头并进。

2020 年，我只工作了 4 个月，创历史记录，1 月 16 日就开始赋闲在家了，又遇到疫情不允许出门，也就在这个时候酝酿出版《春雨集》。2019 年出版的《萤火集》是把过去 10 多年公开发表的文章结集出版，而对于 2017 年 9 月以来涉及不多，也不便谈论，毕竟是在职的总监。

春节后不久，远大江苏中心领导给我打电话，领导很关心我离职后的情况，远大江苏中心主管的省内 7 家联合公司，我所在的公司人力资源和企业文化建设做得还是非常好的，中心领导多次表扬我们，还多次向其他联合公司领导推介我们，后来我先后接待了常州中盈远大、宿迁远大、连云港远大的同行来公司交流，记得常州中盈远大丁总经理跟我们总经理说，涂总这边的人力资源和企业文化搞得很不错，总经理告诉他，涂总是在上一家纺织服装企业担任副总经理过来的，也对我给予肯定。

怀揣着领导的关心，五一前夕我赴连云港远大任职副总经理了，原本由周总经理分管的人力行政部门划至我分管，半个月后兼任党支部书记，董事长、总经理在工作上给予高度重视和支持，原副总经理司淑丽顾大局，没有因为职务的变化而有抵触情绪，这又超出了有些人的预期，有人的地方就有矛盾，哪怕我刚刚入职第一天，也许就有"坑"在等着我去跳，我的团队能主动配合，积极完成工作。助理说，空降的副总让他们心悦诚服，毕竟也是有着多年的副总经理经历的职场人。

在连云港的日子虽然时间不长，也就2个多月吧，但让我深切体会了一次离家的感觉，想想2017年我送员工去长沙远大集团培训许多人想家，我知道后还出台了周末团建活动方案，转移员工们念家的情绪，但还是有人骑着摩托车回淮安，这种心情没有经历，你很难想象和体会。

当我完成在连云港远大任务，再一次赋闲时的心境早已没有多年前遇到失业时的焦虑和不安，继续整理我的书稿，也许是岁月的磨炼和家境的变化，变得随遇而安，淡然处之，偶尔去公园坐坐，有时约上战友聊聊天，日子就这样一天一天过去了。书稿也在持续校对，完善，内容更加丰富，接地气了，尊重事实是我一贯的工作作风，也是我的文风。

国庆节后，我回到集团担任党委副书记，集团举行隆重的欢迎会，宣布我的任职决定。我在发言中告诉与会人员，我无论是到连云港远大还是离开淮安远大，董事长都给予了高度关注，这次有机会回到集团工作，是董事长对我在集团PC工厂工作的肯定。

这些日子，我牵头负责的党委日常工作，在大家的支持下有条不紊地推进，虽然没有以往在工厂任职时的忙碌，但也算充实，有成就感，组织开展学习党的十九届五中全会精神工作还被

《江苏工人报》宣传报道。

在期盼中，2021 年已经走来，先是生日宴会很开心，接着我的书稿提交出版社，接下来就是三审三校了，书稿质量永远是重要的基础工作，前几日有朋友预订了 50 本，让我格外开心，也增添了信心。无论工作单位怎么变动，职务怎么变化，是朋友的依然陪伴左右，相信未来，一切都会好，尽管有的失去了，但得到的也很多。

这些年收获的荣誉也不少，这激励我更加努力工作。也有羡慕嫉妒恨的，都随风而去了，因为时间不会撒谎。

当文章收笔时，我申报的工程师证书也回来了，爱心公益社启动资金也在落实中，开心事，一件接着一件。这些年，这些事，高兴的多想想，未来不委屈自己，过好每一天，心中装着美好，生活就会美好，传递正能量，远离负能量，保持积极向上的心态，这也是人生的一种快乐。我愿与岁月一起，在生命的留白上，续写新的故事。

天冷在路上

今天早上特别冷，骑着车上班，一路上寒风吹在脸上就像刀子刮在脸上难受不舒服，虽骑车也在思考着事情。

前几日，上海吕总联系我说，最近要回淮安办事，约定今天上午顺道来集团看我，我在路上趁着等绿灯的机会给小雨发信息，让她一上班就把我办公室空调打开，今天天冷，我这边有客人来。

吕总是我在集团 PC 工厂认识的朋友，他主要做劳务派遣合作业务，这几年，他虽没有和我们合作，但我们之间一直保持着联系，去年我被远大江苏中心派往连云港先至远大工作，吕总去宿迁办事，还专门去看望我。前段时间，我和吕总联系，请他支持我倡导成立的爱心公益社的工作，吕总很愉快答应表示一定支持，我跟秘书处于秘书长说，就聘任吕总担任我们爱心公益社首任名誉社长吧。

想着吕总的事情。脑海里又突然冒出借钱的事情。缘由是昨晚，昔日一个同事跟我聊天，说他的领导发微信给他想借 5000块钱。这让他很为难，这位领导已经借好几次钱了，累计也快近 6 万元了，老婆也很生气，几年也不还，还好意思打电话、发微信继续借钱……这位同事很郁闷，问我怎么处理？我一时也不好怎么回答，每个人处理方式不一样，我以前文章中，也有写关于借钱的事情。我从不向同事借钱，更不会向下属借钱。在我看来，我的工资收入，远远要比下属高得多，怎么好意思张口向下属借钱，况且职场的人，就是来工作挣钱的，不是来交朋友，搞人际关系的。借钱不是职场人考虑的事情。

借钱还钱的事情太多了，但是因为借钱还钱，又毁了多少人际关系。有人说钱是关系的试金石，金钱能使人们的关系更紧密，也能分分钟让这段关系破裂。借钱的时候一切好说，大哥前大哥后；还钱的时候，摇身一变成为大爷，任他人如何催，就是不还。犹太人最擅长财富管理，他们有一句至理名言：不要给朋友借钱，除非你不想要这个朋友了。在现实生活中，许多朋友就是因为借钱不还或者没有按时还，闹得不愉快。关于借钱和还钱，真的需要有一点原则和技术才行；既要做到不得罪人，又要避免自己陷入被动的状态。

借钱一个最重要的原则，那就是问原因。原因合适的，有多少帮多少；原因不合适的，一分钱都不能借。这种借钱去投资，增值的人，就不要借了；他买房子还不是为了自己的资产升值。谁有钱不知道去好的地段投资房产，你问问自己房子买了几套了？凭什么他要借你的钱去赚钱。我认为这种借钱去买房买车做投资的情况一律不借；他赚了也不能分你一杯羹，他赔了，那就是赔了你的钱，你的钱要不回来了。能够借出去的钱，只有救急。一个就是救人一命，人在医院急需用钱，关系到位就尽自己最大的能力；另一个就是用于周转救急，你知道对方的底细，他也完全有能力还钱给你。古语有云"救急不救穷"，借钱给穷人过生活，他的日子只会越来越穷，有钱花的时候，他就不会想办法努力去赚。

在我印象中，我借钱有两次，一是 2003 年 6 月份的事情。那年，我还在金莲纸业工作，我所住的厂里平房需要翻盖维修，我们需要出去找房子住，我当时没有考虑去租房，妻子一直催我去找房子，我自己心里也有自己的打算，就是准备买房。当我把我的想法说出来的时候，妻子很惊讶，眼睛瞪得大大地望着我说："我们才结婚六七年，工资低，哪来的钱去买房？"我说："借钱！"等我们全家搬进新楼房的时候，公司很多的同事很诧异，那时毕竟买房没有贷款。我们家购房加装修花去了 15 万元，外债就有 8 万。这些外债中，没有向同事借一分钱，都是兄弟姊妹的。后来，我们到 2011 年才把借款还清了。

另外一次借钱，是我在金绿源的时候，那次是店面装修，承包的万老板家里出现急事需要用钱，向我求助能否提前支付 5000 元装修款应急。虽说是人家的事情，我也很焦急，感同身受，可是身边一时也没那么多，于是我拨打了在银行工作战友政军的电话，我把情况跟他简单说了一下，只用 30 分钟时间，就解决了事情。万老板拿到钱，百感交集，说借了几个人，都没有，连声感谢我雪中送炭。万老板装修队很精心地把活干完了，我也及时把装修余款全部结清打给他了，他感谢我给我送两瓶酒，被我婉拒了，生活不易，大家互相帮衬着向前走吧。当然，有来有往，有的亲戚家买房、孩子结婚，我也会资金上给予支持。

在我身边，也时常听到借钱的故事，也有变相要钱的故事……但我始终坚守自己的底线去做人做事。我们要慎重对待自己辛苦赚来的每一分钱，可以借的钱就借，不能借的钱一定要守住。这是对自己的劳动成果负责，也是对自己的家人负责。遇到借钱不还，或者因钱跟你反目的"朋友"就慢慢疏离吧，没有任何意义。

构建职场性骚扰"防火墙"的思考

据媒体报道，2021 年 8 月 9 日凌晨，阿里巴巴在阿里内网公布了同城零售事业群总裁李永和和 HRG 徐昆引咎辞职；阿里巴巴首席人力资源官童文红记过处分；涉嫌男员工被辞退，永不录用，其是否存在违法行为，警方正在调查取证。阿里巴巴"女员工被侵犯"事件仍在发酵。警方调查结果还没发布。

我关注这件事，是因为跟我的工作有着密切的关系，我在企业主管人力资源和员工关系有 20 多年时间，直到去年 10 月转岗到党务岗位，主管职工队伍建设和思想政治工作，还有就是童文红在这次事件中受到处理，我在过往的员工培训中把童文红的经历作为励志故事多次分享。以往我关注"过劳死"，这次事件，让我对职场性骚扰也有思考。

应该说，员工关系处理不是轻松的"活"，和谐的员工关系和人文环境的打造，它考量着人力资源工作者的爱心责任心和担当精神。就这次事件来说，相关企业在警方调查结论发布之前雷厉风行作出如此严肃处理，与此前受害者多次寻求内部渠道投诉无果形成鲜明对比。而让企业态度发生转变的关键变量，在于受害者多次向公司寻求处理，"却一而再再而三被敷衍"之后，选择在企业食堂散发写着自己受害经历的传单，由此引发网络舆情和社会关注。

这次事件把 HR 也推到了风口浪尖了，这也是 HR 本职工作出错，理应受到处理。也许 HR 感到委屈，认为自己位卑权小，面对总裁的"违规"束手无策，能避则避，能绕则绕，我作为多年的 CHO 认为，HR 不是锦衣卫，主动担当是必须的，发挥"政委"的作用，为维护和谐的劳动关系护航。

有报告显示，在北上广深等大城市的职场性骚扰调研，有超过 60% 的受访者表示经历过职场性骚扰，有 70% 的受访者选择了沉默。性骚扰和性侵犯都是犯罪行为，在一个法治社会中，受害者主张维权和惩治罪犯，若必须要借助网络舆情来实现，显然不是一个正常现象。这也正反映了职场性骚扰维权难的现实困境。受害者选择沉默，一部分是因为职场性骚扰行为大多在尺度边缘，模棱两可。性骚扰和性侵犯行为大多具有高度私密性。还有，这类案件一般遵循"谁主张谁举证"的原则，受害者如果要寻求法律途径维权，就要承担举证责任。许多受害者因取证难而选择息事宁人。有女工担忧，骚扰者没被法办，自己却声名狼藉，得不偿失。

企业如何保护女职工？企业主和 HR 部门要有作为，扛起责任来。根据笔者多年经历，首先要加强制度建设，拉起"红线"。如果一个公司的员工认为，该公司对待性骚扰的态度很严肃，性骚扰发生的可能性就会降低。所以，防止职场性骚扰的关键还在于用人单位要加强对性骚扰的调查和惩处力度。记得前几年，我在 F 公司担任人力行政总监，这是一家新企业，企业自身制度建设和管理是张"白纸"，我在牵头制度建设，制定《员工手册》时，把公司坚决反对性骚扰摆在重要位置，单列一条，加以表达公司对职场性骚扰说"不"的坚决态度。明文规定，违反规定，给予辞退，并移交司法机关处理，公司不得录用。

其次要加强宣传，普及防止性骚扰知识。职场广泛存在权力和资源压迫，此次事件中的受害者自曝是在出差中被领导要求去 KTV 陪客户喝酒，被灌醉后遭猥亵和性侵。在"办公室政治"中，下属总是处于弱势一方，如果维权不成，就面临被排挤、失业的风险。许多受害者缺乏勇气，而选择"忍气吞声"。面对性骚扰，劳动者要敢于说"不"。当然，女职工也要自尊自爱，言谈举止得体，不给"坏人"错觉和施暴的机会，保护好自己。

第三，企业要关心女职工，筑牢"防火墙"。职场性骚扰维权难，正是助长这种违法犯罪行为的重要原因。如果有罪必罚、罚当其罪，那么就足以以儆效尤。在这方面，用人单位要承担起更大的责任。对企业来说，这种努力绝不是可有可无的。实践已然证明，此次事件的受害者不仅是该名女员工，阿里巴巴公司的声誉也受到巨大伤害。亡羊补牢，犹未为晚，希望涉事企业不要把这起事件仅当作一项危机公关，也希望其他企业从中举一反三、汲取教训，切实完善防范和惩处职场性骚扰的制度机制，让职场环境更加风清气正。还有，企业党组织、工会组织要践行初心、担当使命，发挥作用，加强职工法制教育，切实维护职工合法权益，构建和谐劳动关系，不断增强职工的获得感、幸福感、安全感。有个让职工满意的工作环境也是提升企业社会美誉度的重要体现，有利于促进企业可持续发展。

活出自己想要的样子

时光流逝，不舍昼夜。我们也随着时光的脚步，辞别令人难忘的 2021 年，走进充满希望的 2022 年。在这个感怀过往、寄托梦想的时刻，回望过往，不管是遗憾、失落，还是满足、欣喜，过去的毕竟都已过去。新的一年，愿你用奋斗者的姿态，活出自己想要的样子。

万物生长，从不停歇。人的一生，无论重来多少次，都有不完美，都有遗憾。我们可以回头看，但不要往回走。我们回头看是检视自己的过往，为了今后的路走得更加充实和坚定。我们从小到大，从年幼无知到成熟稳健，都是在跌跌撞撞中，坎坎坷坷中学会了坚强，在起起落落中，屡次受伤中悟出了道理，在世事纷扰中，在自省中懂得了坚持。在人生纷繁复杂中不断成长，我们渐渐明白，人生一世，有些路必须要自己走一遍才能活得通透。

过往已逝，时间无涯。对于已经流逝的光阴，我们必须坦然接受。在心灵深处腾个空间，允许它去容纳过去的不安、焦虑、彷徨甚至失败、挫败，也允许包容、善待过往对自己不尖、不干的人和事。对一些人和事，我们需要承认和理解，然后慢慢释然。哪怕有人诬陷你、算计你，你也要去感谢他，因为他的"小肚"让你成长为"大度"。因为，挥别曾经的自己，我们才能遇见更好的自己。往事的灰，落在每一个人眼前，有些随了风便消散了，有些入了尘便沉淀了，还有一些随着一场花开便释然了。

凡是过往，皆为序章。有的时候不得不承认，人确实是在经历了一些事情之后，才告别了从前的那个自己。努力让现在的自己，会与时光一起成长。如今人们生活节奏加快，很容易产生焦虑，甚至忧郁的情绪，所以我们更要学会让自己放轻松，而放松最好的"良药"就是看淡。要相信自己，你既不晚，也不早，奋斗与梦想相伴，你正当其时，一切都是刚刚好的样子，一切都是真实的自己。

我们无论如何都要感谢经历，都要明白少走弯路，也就错过了风景。人的一生是很短暂的，苦也罢，乐也罢，得也罢，失也罢，要紧的是心间的一泓清泉里不能没有月辉。只要你眼中有星辰大海，心中有一泓清泉，践行初心，奋力奔跑，一定会有收获。人生犹如"赶考"，我们要奋斗，希望交出一份让人满意的答卷。活在当下，把握当下，知足且坚定，温柔且上进。给自己时间，不要焦急，稳健前行，一日一日过，把繁琐的事情坚持做，相信生命的韧性是惊人的，跟自己向上向善的心去合作，不要放弃对自己的信心，没看到结果，永不言败。

余生漫漫，岁月繁杂，我们要懂得删繁就简，抛却一些不必要的杂念和烦恼，努力去追求快乐和美好。爱自己，爱家人、爱工作，无论他们如何待我，我无愧吾心，爱生活点滴的温暖，爱山川河流、人间烟火的美好，一生温暖与善良。我们要学会享受生活，快乐工作，用乐观的心态，执着于理想，纯粹于当下，将爱与美好融入岁月滋养。流逝的是时间，走过的是岁月，留下的是回忆，期盼的是未来。如果过去的你也曾因为纠结过往、担忧未来而裹足不前，那么，新的一年，愿你能清空心底的垃圾，轻装上阵。以前经常说，我们不一定方方面面都要比别人好，心里才有优越感、幸福感、满足感，但是一定要比过去好，我们不负韶华，一直在努力。余生很贵，往后的每一天，愿你我都能更加努力，与幸运不期而遇，与美好温暖相拥。

新年的钟声已经敲响，新年的阳光洒满为实现第二个百年奋斗目标的新征程。愿我们与时代共奋进，与美好温暖相拥，都能成为更好的自己，活出自己想要的样子。

构建容错纠错的人文环境

前几年，我主持修订《员工手册》，作为主管人力资源和日常管理工作的副总经理，一直以来非常注重构建和谐的企业文化，主张公司要有容错、纠错的气度，制度面前一视同仁，对任何违反公司章程、《员工手册》及规章制度的行为，要本着惩前毖后、治病救人的原则，适度给予负激励。其中，容错、纠错，制度面前一视同仁表述是我新增加的内容。最近，在公司也有类似的事情发生。

上月 15 日，公司发放 5 月份工资，当天晚上员工群就"炸锅"了，有的员工很愤慨说，工资算错了，有的上班不足一个月却拿了整月工资。多发的自然不吭声，少发的员工绝不答应。第二天上班，我让人事经理去复核工资，因为工资就是她做表的。经过核查，发现多发了 5000 多元，我们及时处理，对多发的追回来了，少发的立即补发，坚决纠正，绝不拖到次月补发，让员工心里不舒服。

事情出来了，大家也有不同想法，老板很生气，认为工作粗心，不能胜任，要追究责任，我及时与老板沟通，尽管如此，我们作出工作调整，工资从人力行政部划到财务部核算，主要基于几点考虑，一是人力行政部统计考勤，再算工资，不太合理，不符合制衡原则，发现问题，容易掩盖。二是财务部门核算要比人事部门专业，许多人事工作者专业性不够。随后不久，又出现一起发布公众号文字错误事情，公众号又被划到品质部去做了。

一天下午，我找人事经理谈话，在工作中我们必须认真，质量服从进度，不能为了抢时间而不顾质量，这样下去经常出错，领导会有想法的，我们要永远记住：你的错误，就是别人的机会。如果你工资不出错，财务怎么去做工资，公众号不出错，品质部怎么拿去，时间久了，你的能力就会受到质疑。企业是角逐利益的场所，它不是慈善机构，老板的钱也不是随便花在没有能力的人身上的，人岗应该匹配，所以我们要不断地学习，职场不相信眼泪，谁能力强，就应该受到尊重，享受高薪。

有的人说，为了避免错误发生，就不做事，少做事，这样不是好了，不会受到批评了，如果你这么想，那么就大错特错了，职场不养闲人，这个道理大家是懂的，能力不够迟早会被替代，你就出局了，到那时就后悔了。因此，立足职场，实力比关系重要，能力比文凭重要，可以笨鸟先飞，可以向书本学习，向周围同事学习，提高职场竞争力。

我对分管的总经理办公室、人力行政部员工要求比较严，我一直认为，严是爱。容错不是纵容错误，纠错是必须做的，企业管理才能上水平，企业才能发展。现代人竞争压力之大，尤其是今年疫情下的就业，更是困难重重，珍惜手中的"饭碗"，把工作干得漂亮，是我们生存的法宝。

敢于向职场畸形加班文化"亮剑"

近年来，职工过劳死的新闻屡见报端：2021 年 1 月一位拼多多的技术开发工程师，在家中跳楼自杀身亡。去年 7 月刚刚入职的他，仅仅在拼多多待了半年左右的时间，从 27 楼一跃而下，在父母的面前结束了自己年轻的生命。就在前几天，一名拼多多 23 岁的女性员工，在凌晨下班回家的路上发生猝死。这不得不说，与有些企业公然提出的"996"工作制有关了。

加班，这个让上班族怨念而无奈的词汇，却越发成为一些行业的常态。早 9 点到晚 9 点，一周上班 6 天，加班的人群中，有一种模式被称为"996"，更有甚者提出"5+2，白加黑"，由此引发侵害劳动者身心健康的事件频现报端，年轻员工猝死事件，一次次进入公众视野。他们也常问自己：我为什么这么忙？这让人不得不想起一个快要被人遗忘的名字——富士康。

当年 14 位员工相继跳楼自杀，震惊全国，以至于富士康到现在还依旧被人称之为"血汗工厂"，其老板直到现在也都还背负着"不良老板"的骂名。因为压垮这些十年前的富士康的跳楼者们的，正是畸形的加班制度下巨大的压力。十年过去，悲剧仍然在上演，只不过是换了一批强制加班的推行者，又换了一批倒下的人。

笔者在民营企业主管人力资源工作十多年，也多次对加班引发的纠纷进行处理。感触也很深。

加班，面试中必提的话题。有报道说，一位家境贫寒的毕业生小江，毕业后来到了××工作，本以为努力工作会有回报的他，却在试用期结束时，得到了一纸辞退书。而他被辞退的原因也非常离谱，仅仅是因为他没有"自愿"无偿加班。就在被辞退的前两天，××快递的副总监还找到员工们谈话，说部门要求9点以后下班，这是为你们负责，甚至还对他们说，不要在这个年纪谈恋爱，却丝毫不提加班费的事情。看上去，这像是一个公司前辈教导后辈的苦口婆心，可实际上言外之意根本就是想让员工无偿加班，完全是又当又立。不仅如此，在小江被辞退后，决定申请仲裁来维护自己的权益时，公司的hr甚至扬言如果他走仲裁，会让他在行业里背着仲裁走一辈子，意思是没人敢再要他，态度极其嚣张。这所有的一连串事件，无一不是触犯着每一位打工人的愤怒底线。

现在许多劳动者在面试时，经常被问到是否接受公司加班。如果劳动者说不愿意，HR就说这与公司文化不匹配，还说不在年轻的时候奋斗，在什么时候奋斗。言外之意就是加班就是奋斗。这种是既想要马儿奔跑，又不给马儿吃草，既想要员工承担更多、付出更多，可是连最根本的人文关怀都做不到。"我们劳动者在企业就是老板挣钱的工具而已，自己获得仅仅是微薄的工资，也只能勉强糊口，房子、车子，就连每周出去聚个餐都要三思而后行，现在的生活压力太大了。"在某纺织企业的挡车工小芳告诉笔者。现实生活中，像小芳这样的处境的人还很多。前几年，笔者处理了一起因加班举报企业的劳动纠纷案，有员工向劳动监察大队举报企业生产一线，不顾员工死活，连续三个月每月加班在 150 小时以上，没有休息日，就是法定假日也在强迫劳动者加班，谁不加班就开除。劳动监察部门调取了企业员工的工资表，很是震惊，责令企业改正，严格按照《劳动法》规定，保障企业员工的合法权益。有员工说，奋斗不等于放弃娱乐，放弃与家人的陪伴。不要把压榨我们的行为说得多美好，我们不接受，我们有权力反抗维护自己的合法权益。在调查中也发现，许多劳动者在面对加班选择的被迫接受，他们的身后有家庭，甚至家里还有老人、病人，承受不起离职的风险，更承受不起维权的成本，"太难了"常常成为面对压力、逼迫的"口头禅"。

马克思曾经说过："资本来到世间，从头到脚每个毛孔都滴着血和肮脏的东西。"吃苦耐劳是我们中华民族的传统美德，但不应该让资本压榨和哄骗员工理所当然。如果 996 都是福报，那为什么八小时工作制还需要 100 年去争取？无数打工人从中收获的却只有抑郁和病痛？打工人的痛苦，又有多少会被那些鼓吹者们拿出来诉说？当代打工人究竟有多惨？

工作和健康，为什么要做选择题？"有首歌唱得好，'我拿青春赌明天'。现在面临的是保住工作就保不住命，想保住命就保不住工作，这是一种无比的心酸。"在某机械厂车床工小柳告诉笔者。在高压力高强度的工作下，健康就是必然的代价，打工人们只能一边疲于奔命，一边以命换钱。所以，你会看到，在某些公司每一个工位上，都放着用来过夜的行军床。每一处空地上，都占满了冰冷坚硬的行军床。一顶顶深绿色的帐篷，遮住的不仅仅是公司的天花板，还有无数打工人原本温馨的家庭、丰富的业余生活。所以，你会看到，公司强制午饭时间只有 5—10 分钟，而连续加班换来的只是颈椎病、胃炎和降到濒临崩溃的体重。你会看到，那个连续加班半个月，在生日的深夜又被叫回公司的女孩，在出租车上痛哭流涕。生活的意义就是无休止的加班，盘剥我们的身心健康吗？许多打工人在网上发表感慨。

记得曾在网上看到过一条新闻，某电商平台在公司的年会上，公然宣布今后公司将实行996制度，并且还说出了"如果平衡不好家庭和工作，那可以选择离婚"这样过分的发言。资本家们扬言工作家庭平衡不好可以离婚，鼓吹996是福报，他们这根本不是对你负责，而是无限制地压榨，攫取最高的利益。至于你的家庭是否幸福，他们根本不会在乎，你身体状况怎么样，他们根本不在乎，甚至在你倒下之后，他们立马能够找到身强体壮、更能够抗压的年轻人接替你的位置。这就是赤裸裸的现实。

我们为什么如此反感996？是因为我们曾经的奋斗观，正在随着越来越多的毫无意义和价值可言的996而变得扭曲、变味。人们之所以会选择牺牲自己的时间来加班，是因为适当加班，可以靠着多出来的薪酬来提升自己的生活品质，让自己和家人都能过上更好的日子。如果奋斗能换来幸福，那当然没有问题，但是如果奋斗换来的仅仅是老板们的幸福，而员工得到的，除了剥削还是剥削，那么这样的奋斗还有什么意义？

畸形加班现象在一些地方愈演愈烈，一些人宣扬的所谓"奋斗观"严重走偏变味。但拼搏不是拼命，勤劳不能过劳，漠视劳动者权益、透支劳动者健康的所谓"奋斗"，绝不是什么"福报"而是"祸报"、灾难，这既违反劳动法，更背离奋斗精神。在我们在这个时代，依然需要奋斗，但我们奋斗的方向，绝对不是无止境的996、大小周和无意义的加班。不要把无止境加班等同于奋斗或福报，这是一个精心编制的谎言，真正的奋斗应该是以健康为前提，心中有一个自己的目标，不断完善自我，不断成长，最后达成目标，它绝不是简单的无止境加班。

　　"亮剑"是时候了，该出手了。"996"成为"常态"，在一些行业，"白加黑""5+2"成为一种"工作氛围"。一些企业、行业的超时加班问题受到社会广泛关注。在我们共产党执政的社会主义国家，决不允许资本操纵政治和国家管理。《人民日报》作为党报，多次怒批996违法。今年8月26日上午，最高人民法院、人力资源和社会保障部向社会公开发布《劳动人事争议典型案例（第二批）》。两部门在其中一宗典型案例中明确："996"严重违反法律关于延长工作时间上限的规定，相关公司规章制度应认定为无效。《劳动法》第四十一条规定："用人单位由于生产经营需要，经与工会和劳动者协商后可以延长工作时间，一般每日不得超过一小时；因特殊原因需要延长工作时间的，在保障劳动者身体健康的条件下延长工作时间每日不得超过三小时，但是每月不得超过三十六小时。"第四十三条规定："用人单位不得违反本法规定延长劳动者的工作时间。"劳动合同法第二十六条规定："下列劳动合同无效或者部分无效：……（三）违反法律、行政法规强制性规定的。"为确保劳动者休息权的实现，我国法律对延长工作时间的上限予以明确规定。用人单位制定违反法律规定的加班制度，在劳动合同中与劳动者约定违反法律规定的加班条款，均应认定为无效。

　　党的十八大以来，党中央把逐步实现全体人民共同富裕摆在更加重要的位置上，采取有力措施保障和改善民生，打赢脱贫攻坚战，全面建成小康社会，为促进共同富裕创造了良好条件。我们正在向第二个百年奋斗目标迈进，适应我国社会主要矛盾的变化，更好满足人民日益增长的美好生活需要，必须把促进全体人民共同富裕作为为人民谋幸福的着力点，不断夯实党长期执政基础。

人民就是江山，江山就是人民。要大力推进依法治国，加大普法、执法力度，促进社会公平正义，促进人的全面发展，使全体人民朝着共同富裕目标扎实迈进。保有奋斗精神、敬畏法律底线、保障劳动权益。每一个劳动者都能学会使用法律武器保护自己，希望我们能够尽快肃清乱象，还社会一个清朗、干净的用工环境。愿打工人的每一份工作热情都不会被辜负，愿每一个善良的打工人都能被这个世界温柔以待。

那一年，我做党办主任

因为有缘，才会穿越茫茫人海遇见。因为相欠，才会跨越千山万水相见。

因为无缘，才会迎面走来又擦肩。因为不欠，才会匆匆而过不再见。

——题记

2004年11月，公司党委发布文件，宣布我做党委办副主任主持工作，这是我参加工作以来第一次从事党务工作，第一次担任中层干部，也是提拔的人中为数不多的"本土"干部。多年后，回忆起这次任职还很兴奋和感动，因为这在当时我们2000人的企业，也算是不大不小的新闻。

回忆起这次任职，当时也有许多议论，主要集中在高管层，2003年12月公司党委成立大会上就宣布我的任职了，直到发布任职文件，历时近一年，可想而知这中间发生了多少故事，有多少人传播着这些故事。分管领导开导我说，好事多磨，结果是甜的就行。

我心里很清楚，议论无外乎说什么他才来几天，凭什么就担任中层干部，他提拔了，我们工作怎么干？他有什么业绩？也有人说我表现好等。在这近一年任职空档期，我依旧做我的事情，这些"杂音"丝毫不影响我的心情，更不影响我一如既往的好表现，我喜欢做党务工作，对我来说，做什么工作都能找到喜欢它的理由。

我有充分的自信，因为我相信自己的人品和能力，更相信我的分管领导会对我负责，关键时刻也会出手帮助。我是从部队退伍安置到企业的，在部队时，就受到教育，当兵的要清楚，为谁扛枪，为谁服务。这个搞清楚了，你的言和行，就不会偏航，更不会迷失方向。

我担任党委办主任，成为50多名中层干部队伍中一员，享受年薪制，当然也是有荣誉感的。更重要的是，由于工作上主要与政府机关对接，有个职务，"底气"就足一些。有同事在我办公室说，涂主任，跟以前做办事员没什么区别。

我在分管领导的支持下，工作十分开心，回想那些年加班加点写材料是常态，住的条件也不算太好，孩子又小，没人看护，常常在家一手抱着孩子，一手写材料。开展的许多工作得到了上级党委、组织部门的肯定，在建党80周年前夕，公司党委荣获淮安市先进基层党组织，党务书记，也就是我的分管领导，荣获淮安市优秀党务工作者。我负责的无偿献血工作，年年超额完成任务，受到县政府表彰。思想政治工作多篇论文受到市委宣传部表彰。企业文化建设经验还在全县宣传思想工作会议上作交流。

我和一些同行说，开展党建工作的环境是一样的，关键事在人为，环境是可以改变的，跟对人是首要，要遇到理解、支持你的领导，还要有工作方法和手段，有的时候与其遮遮掩掩，还不如直面问题，每一次"风波"都不是空穴来风，这里面有人扮演棋手，策划导演，有人扮演棋子，甘当马仔，有人扮演推手，兴风作浪，挑拨离间。记得有一次，一位副总到我办公室，说了许多事情，也说了我的分管领导的一些事情。说了半天，我告诉他，您说的这些事，都需要知会我的分管领导。他悻悻离开。后来的几年，他从没来过我的办公室，在我认为，人要清楚自己的身份，领导、上级是两个不同的概念。那些年，我始终紧跟分管领导，他也多次表扬我，有爱憎分明的人品、雷厉风行的作风、可塑性强。一直到企业股权转让，我离开了工作了 10 年的公司，分管领导去了县里最大的民营企业担任总经理，而我去了最大的纺织服装企业担任总经理办公室主任，后来我又来淮安区教学教具企业担任人事总监。

我是 2009 年 3 月离开金湖的，到淮安区工作这么多年，工作环境发生了深刻地变化，我和施总说过，我和他的合作关系维系期间，彼此都要珍惜缘分，互相支持配合，高手相处是人抬人，互相捧场，我和团队任何人都会因我和老板关系的结束而结束。我除了每月的工资是我的，我没有其他利益，更谈不上权力了。共产党是没有私利的，我作为一个共产党员在公司工作也没私利，所做的事情都是在老板提供的平台上为企业创造价值，也为实现人生价值去拼搏。

成年人的世界里，就没有"容易"二字，同样地经历风霜雨雪，同样地品味酸甜苦辣，岁月却打磨出不一样的心态。有人心浮气躁，在名利的海洋中沉沉浮浮；而有人却只把人生当作一种体验，看淡身外物，做个自在的有品位的人。

有人说："你的气质中，藏着你读过的书、走过的路。"泰戈尔在《飞鸟集》中说，世界以痛吻我，我要报之以歌。我要说的是，一个人的微笑里，体现着他的涵养。不管经历何种遭遇，不管身处何种境况，即使眼含泪花，也始终做个微笑的人、一个有魅力的人、一个内心无比强大的人。

人过半生，要学会放下

人们常说："三十而立，四十不惑，五十知天命。"我理解的意思是，人过五十岁后，走过了半生，到了知天命的年龄，能够看清了人情世故，也能够明白了自己究竟想要过什么样的生活了，所以要知道，身边有些人是否能够深交，还是需要去远离，理清了这些关系，下半场人生才能活得越来越好。

然而，现实生活中，我看到周围有的人，即使过了五十岁，依然还有那种不成熟，喜欢把情绪放在脸上，斤斤计较的毛病还是改不了，总是希望得到尊重，甚至刷刷存在感，而现实很骨感，你离开了原来的位置，或者人文环境早已变化，风光早已不存，而你还在纠结，憧憬昔日的风光。过去的个性强，大家不争辩，现在还耍个性，大家私下会说在找死。

也有人说："真正的人生，从五十岁开始。"三十岁的时候，没有五十岁的心境，七十岁的时候，又没有五十岁的精力；五十岁，是知天命的年纪，也是人生最好的年纪。三十岁的你，是属于婚姻的，四十岁的你，是属于家庭的，唯有到了五十，工作稳定了，有一定的物质基础了，才敢稍微放下一点心。

我们还是要面对现实，五十岁之前，大多数人都被困在各种繁忙琐事中，为子女操心、为事业劳碌、为钱财奔波，每天都在忙忙碌碌中度过，很少有时间是为自己而活，而五十岁，才是另一个新的开始。人到了五十岁，眼角有了皱纹，腰身逐渐宽厚，真的假的，美的丑的，都经过了一遭；善的恶的，苦的甜的，都尝过一遍。

五十岁之后，行走得更加从容，对于别人的成功幸福，不羡慕也不眼红，眉宇间留存着岁月的味道，举止之间充满了淡然的气质，随着时间增加的不止是年龄，更是阅历和成熟的气韵。

五十岁之后，再也没了那么多计较，经历过生意场里艰难的打拼，切身体会过人心难测，生活不易；经历过家长里短鸡毛蒜皮的矛盾重重，更懂得了计较无用，只会伤人伤己。

如果说三十岁是一条小河，四十岁是一条江，那么五十岁就是一片海，经过岁月的磨炼，更显深沉稳重。五十岁的之后，走过了山水，经历了世事，心也逐渐放宽了，再也不会和无所谓的人起争执，不会为虚伪的人浪费时间，真正想陪伴的，就只有自己的家人，还有两三个挚友。

其实，不管我们在哪个年龄段，我们都要豁达，丢掉烦恼，放下该放的，不为不值得的人蹉跎，不为不值得的事计较，保持良好的心态，认清自己面临的环境，积极地去适应环境，与人为善，去做喜欢的事情，去做有意义、有意思的事情，过好每一天。

过去的，并不会都被遗忘

周末回家，晚上散步在路上遇到多年未见的好友，于是我们就驻足聊天，询问彼此这么多年的工作、生活情况。我们都感慨，一些曾经亲密无间的朋友，不知道什么时候开始，渐渐地再无联系再未相见。

也说不清到底是为什么，也许是忙碌让我们渐行渐远，也许是距离让我们四散天涯，也许是差距让我们不再无话不谈……很多人，走着走着就散了；很多友情，被工作和生活挤到角落，封尘落灰。

其实，人生一路走来，无论是遇到的，还是散伙的都是缘分，命中如此，不要去苛求他人，学会独处，也是一种人生自渡吧。我有时也会想，过去的，并不会都被遗忘。

今年10月中旬，我去洪泽区项目上调研，我自然就想起仇总，他是洪泽人，我们偶尔有事也会说上几句，虽不多，这么多年一直有联系，知道他一直在当地一家玻璃制品企业做老总。我跟仇总上次见面，应该是2011年的事情了。

2009年3月，我离开金湖入职淮安区一家教学装备企业主管人力行政工作，2010年9月初，原生产部经理老周离职。我和老周关系一般，也算是工作关系吧，不过在处理一些日常工作中意见分歧也很大，他离职时我正在区里办事，忽然接到他电话，十分气愤地告诉我，他不干了，我听了也就"呵呵"，等我办事回到公司，他已经走了。

生产部经理的位置空缺出来了，总经理打电话给我，要求抓紧招聘，9月5日，总经理出差回来了，当日下午召开主管以上人员会议，总经理就宣布，由我临时兼任生产部经理，这是我工作以来，第一次去生产部工作。不久，我的邮箱收到仇总的简历，记得标题很醒目，十年外资生产管理经验。我很好奇，打开邮件，仇总一直在广东一家外资企业主管生产工作，经验很丰富。随即，我把简历转发给总经理，并附上我的意见。

这一年，10月15日，仇总入职了，职务是副总经理。总经理说，公司除了人力行政、财务之外，其他都归仇总管理。也就在这一天，我结束了生产管理的工作了。我和仇总配合很默契，他工作雷厉风行，很有章法，他善于团结人，在我眼里，他和他的前任根本不是一个层级和水准。

2011年3月，我合同到期了，这一年也遇到一些不愉快的事情，我向总经理提出离职，说来也有意思，今年10月上旬我在区里参加一个培训班，休息中，我看到会议桌上有写着总经理名字的席卡，我却没有看见其本人，也许是安排他人代培训的吧，如果真的遇到他，也算是偶遇吧，毕竟也是十多年没见了，我经常说，做人要给自己留后路，你不知道什么时候能遇见，关系好的，会说上几句，不好的，也就是路人了。

我离开公司大约半年后的一天下午，接到仇总电话，得知他离职了，并打算回洪泽工作了。这是我和他的约定，我离职时，说他不会干多久的，让他离职时告诉我一声，我了解企业，了解那里的人。不久，我去洪泽看他，好像是一个周末，他中午下班后直接带我去附近的一家酒店吃饭，他还约上几个朋友一起陪我喝酒，当天下午返程。

这次有机会再次去洪泽，也算是机会吧，今年集团建立挂钩职能部门工作的机制，我作为集团党委副书记，根据安排我挂钩工程部，建筑企业的工程部，有点类似于生产型企业的生产部，我每月都会安排一些时间去项目上调研，检查安全生产工作。我去洪泽前，还特意联系仇总，告诉他方便的话就去看看他。仇总很高兴地说："来时说一声，最近生产忙，晚上要值班，你来就陪你喝酒，十多年没见了。"

去洪泽是计划中的工作，那天上午下着小雨，工程部季主任问我还去不去？我说下雨就不去了吧，他接着说："书记，洪泽那边没有下雨，我们照计划进行吧！"于是，我们一行4人开车去洪泽，一路上小雨时下时停，但心情很爽。

在项目上待了大约一个小时，我办完调研的事情。联系了仇总，他发来了位置，我们导航去了他公司，他带我参观了公司生产现场，公司很大，员工有600多，2个厂区，产品全部销往国外，效益非常好，交谈中仇总告诉我，他每天都很忙，十多年如一日，几乎就是家里、厂里，两点一线。我们感叹，人生从来就没有容易的事，没有工作不辛苦的，但我们能在苦中寻乐，自我调侃，奋斗的人生才是我要的人生。

晚餐很丰盛，仇总的同事来了几个，这晚喝了不少酒，心情好，酒量似乎也提高了许多，中途我们还拨打了还在"大本营"的两位兄弟的电话，他们邀请我们再回故地看看，十多年变化也很大。好友士伟说，十年弹指一挥间，我们都老了，我和仇总的孩子也都工作了。

这么多年，我遇到了形形色色的人和事，一直有一种感受：

一切都会过去，但一切都不会被遗忘。一个人来到人间是偶然，一个人离开是必然，大多数人真的只能陪我们走一段路。希望这一段路能给我们留下美好，而不是遗憾，甚至是仇恨。

那天零下14℃

有风有雨是常态，风雨无阻是心态，风雨兼程是状态。

——题记

时间过去快一个月了，写了改了又改，这过程心情也很复杂，既要表达清楚，尺度还要把握好，从做人做事风格上来说，我一直是不卑不亢。

那天是 2021 年 1 月 7 日，室外温度至少零下 14 度，早晨 7 点出门就赶往金湖车站，也许是天气的严寒，车站明显没有往日的热闹。一路上，也是思绪不断，想想到集团工作 2 个多月了，虽然没有多年来在工厂分管人力行政工作时的繁忙，但也算是能适应管理型企业的环境，工作很充实、很快乐。

元旦前夕，集团举办了迎新年晚会，节目形式多样，小伙伴们展示的才艺赢得了大家的一阵阵喝彩，真是精彩绝伦的精神食粮。在酒桌上，我遇到了昔日的同事财务总监老耿，他是在我后边入职公司的，当我看见他时，我想起我已离开原公司快 1 年了。他紧挨着我而坐，自然也聊天不少，他说我回集团做党委副书记应该庆贺一下，我自然乐意，让他先"做东"，我紧随其后，谁让他大我几岁呢？我和他共事 2 年半时间，在一起吃饭不多，我分管的工作事情多，而且涉及到方方面面，工作之余散步和写稿几乎是我的全部了，有印象的也就 2 次吧，一次是我分管的部门团建喊他，还有一次是我和他部门经理在公司羽毛球比赛获得名次，我们把奖金拿出来，2 个部门员工聚聚在一起吃饭。

耿总调侃我记性好，我笑着说，出书的人记性不好不行呀，不过也不是什么事情都能记住的，有些事情必须记住，礼尚往来，做到心中有数。我经常说，我是一个善于思考的人，与人为善，与靠谱的人为伍，喜欢做有意义，有意思的事情，有的人有的事在我这里也能成为一个故事，成为我的《萤火集》《春雨集》里面的"人物"。我们 5 个高管，相对而言我的性格与两个厂长接近些，在近 3 年时间，我和两个厂长先后离职了，他们两个离开淮安，我回到集团工作了。

当客车路过范集镇，眼睛不由自主朝北望去，那是一条通往原公司的路，心情很复杂，以往的时候我该下车了，我的同事早已在这里等候，接我回公司。今天，车子一路向前没有停，我也没有叫停，因为我知道，我还要继续坐车前行。

经过 8 个月的精心准备，我的第二部书《春雨集》书稿（初稿）终于在元旦前夕交付出版社了，预计四五月份可以看到新书了。爱心公益社是在去年 12 月 5 日国际志愿者日成立了，各项工作也在稳步推进，儿子在南京工作很顺利，生活上也能照顾自己，让我很放心……一件件事情在脑海闪过。"涂总，您的未来会越来越好，相信未来！"连云港好友司总的话在我耳畔响起。

大约又过了 40 多分钟，车子途径东方希尔顿，我让司机陈师傅停一下，我该下车了，陈师傅笑嘻嘻地说："涂总，今天太冷了，大家为了生活都不容易呀。"是的，像我这样的人不是很多吗？你看路上的行人不都是冒着严寒吗？他们不都是为了生活在奔波忙碌吗？有几个是为了诗和远方呢？

下车后，刺骨的寒风让人不寒而栗，风像刀子一样刮在脸上，我一路小跑到65路公交车站台，大约等10多分钟公交车来了……

难忘的一次调研活动

初夏的淮安，鲜花烂漫，绿草如茵。2022 年 5 月 13 日上午一上班，我和集团工会、工程部、工程研究院、安全办的同事，乘坐两辆商务车直奔集团年度重点工程项目——全国青少年思政教育核心基地项目，开展调研活动。

回想我作为集团党委专职副书记，挂钩集团工程部的工作，快 2 年了。我先后去过宿迁泗洪、安徽合肥以及本市多个项目现场，通过挂钩走进项目，对集团的经营板块的业务有了进一步了解，集团这十多年取得了长足发展，这也让每一个员工有满满的自豪感，都愿意在这个平台上施展才华，实现梦想和人生价值。

今天，根据集团党委工作计划和安排，我再次带队赴项目上调研，这次调研特别有意义，一周前，集团党委专门下发文件，对调研活动作出安排，工程部做了大量组织工作，有关部门给予积极配合。工程研究院党支部书记随行调研。

我们一行来到位于淮安区镇淮楼西路南思政教育基地施工现场，看见工人们在热火朝天地忙碌着，我询问他们上班时间、伙食情况，他们都一一告诉我。他们说，知道这是重点项目工程，会保质保量完成任务，请领导们放心。我叮嘱要做好自我安全防护。我跟随行人员说，等竣工了，我们还再来看看。

现场负责人、项目经理向我们介绍项目进展情况，他告诉我们，思政教育基地项目总建筑面积 1.07 万平方米，总投资 1.26 亿元，于去年 12 月 18 日开工，计划于今年 12 月底竣工。施工项目主要包括综合楼、思政教育馆、运动场、古城墙遗址保护与展示、雕塑广场以及景观绿化等配套工程。

我还与项目上的管理人员、施工人员交谈，了解工程建设者的思想状况、施工进度、安全生产等情况，这是具有高度政治意义和历史意义的省重点工程，上级领导高度关注，作为特级施工企业要讲政治，我们要提高政治站位，克服时间紧，任务重，发扬工匠精神，确保安全质量交期。还要不断完善和打磨细节，以"绣花"功夫和"匠心"精神，全力优品质、抢序时、提成效，努力打造精品工程，为全面深入贯彻落实习近平总书记重要回信精神、建设好大运河"百里画廊"和全市展示"象征意义"的窗口添能赋力。

最近，集团党委布置开展喜迎二十大群众性主题宣传教育活动，今天，集团传媒在现场录制"喜迎二十大　奋进新征程｜话初心向未来"视频，采访了几位同事，大家表示，要立足本职岗位，做好本职工作，发扬工匠精神、劳动精神，把我们的集团建设好，把我们的每一项工作干出彩，以实际行动迎接党的二十大。

这次调研时间虽然不长，只有半天时间，意义却非同一般，是难忘的一次调研活动。

小胜靠智　大胜靠德

"涂总，时间过得真快，您离开 PC 工厂也快 2 年了，在 PC 工厂应该是您付出最多和最辛苦的那几年，我们都念您的好，有空回来看看我们……"看着微信不停闪烁，我却不知道怎么回复这位昔日同事的信息。大约过了 20 分钟，我回复他：谢谢惦记，人在职场无愧于心就好。

日月轮回，时光奔跑。我到集团工作也有一年多了，就在上周，我和集团李董事长去安徽合肥参加东方国信科技有限公司合肥研发销售中心项目封顶仪式，路上我还和董事长说，我到集团工作很开心，有获得感。我从内心感谢集团。

我工作这么多年，大多数时间是在党务和人力行政岗位，在集团 PC 工厂担任人力行政总监兼任党支部书记，我从组建员工团队启航，带着 30 多名员工去远大集团接受操作技能培训，处理若干次员工纠纷，面对发生的停工事情，我召开员工代表座谈会，冲在前面与一半员工谈心谈话，让他们尽快复工，诉求我会解决，当时有股东甚至提出实在不行全部开除，由股东单位派出员工组建新团队。而我没有这么做，这些员工都是我辛辛苦苦招聘来的，我和我的团队顶着烈日、冒着严寒出去拉招工横幅、散发传单请来的，怎么舍得让他们走。就是有了这种感情，我更关心他们的所想、所盼，他们生病住院了，我让助理抓紧安排，我要去医院看望他们；他们上班受伤了，我要上门瞧瞧他们；他们的亲人去世了，下再大的雨，我也要去吊唁，他们家人看到我出现的场景至今难忘，"孩子单位领导来了，谢谢您"。

"我们愿意听涂总上课，他说得实用，我们爱听……"员工让我讲课，我再忙，甚至让黄助理通知来访客人再约。连续 2 年的总结表彰大会会务工作，2 年的年会节目筹备工作，忙得不亦乐乎，远大江苏中心黄副总在年会上，端着酒杯到处找我，有员工告诉她，涂总站在音响控制室那边呢。黄副总找到我时说："涂总，辛苦了，高管中你是唯一没时间坐着吃饭看节目的，今天的年会，你是总导演、总制片。"等年会结束了，团队成员拖着疲惫的身体，面对美食毫无食欲，只想回家睡觉。

我跟员工培训时经常说，人活一辈子，靠什么立于不败之地？在职场，靠什么立足？冯骥才曾经说："一个人只有守住底线，才能获得成功的自我与成功的人生。"底线，是每个人做人的根基，更是为人处世的核心。正所谓仰不愧于天，俯不怍于地。有底线，行事堂堂正正，才能受他人尊重；没底线，做人鬼鬼祟祟，早晚被别人看穿。因此，一个人唯有守住了该有的底线，才能久立于世而不败。

人生在世，很多东西都不重要，但唯独诚信，绝不可无。鲁迅就说："伟大人格的素质，重要的是一个诚字。"一个人，只有守住诚信的底线，才能守住做人的根本，也才能堂堂正正地立于天地之间。有诚信的人，不会因为一点小事就背弃亲友，在他们的心中，良心比金贵，人品重如山。而没底线之人，恰恰相反。

只要利于自己，他们可以背叛任何人，哪怕是最好的朋友，都可以肆意伤害。

记得卢梭说："没有感恩就没有真正的美德。"做人，贵在有一颗感恩的心。

落魄时，不忘雪中送炭之人；失意时，不忘贴心陪伴之人；成功时，不忘一路指引之人。如此，才不失作为一个人的底线与美德。我每次跟员工聊天，跟朋友吃饭必提"感恩"两字，再有本事的人，如果没有感恩的心态是很难走得远的。2021 年 9 月底，我参加江苏省委组织部在红豆衫庄举办的培训班，有幸遇到红豆集团董事局主席、党委书记周海江给我们学员上课，他说，红豆发展到今天的规模，第一位就要感谢党的好政策。回想我离开 PC 工厂了，还有员工时不时联系我或者跟我聊天，也是对我在 PC 工厂工作的肯定，我从内心很感动，人民是江山，对企业而言，员工就是江山，经营管理者要关心员工，爱护员工。这些肯定，远远要比金杯银杯更有意义，我有过统计，2019 年全年我在外吃饭 15 次，这里面有部门团建 12 次，还有 3 次是接待任务参加的，董事长、总经理都在场。记得有一次吃饭是接待当地一家银行领导，董事长当客人的面说我是受到区委组织部表彰的优秀共产党员。经营管理者的人品是赢得员工尊重的基石，正如《诗经》所云："投之以桃，报之以李。"人这一辈子，再久都不能忘了曾经的恩情。滴水之恩，定当涌泉相报；他人恩惠，必然永记心间。这是一个人做人的原则，更是为人处世之道。懂得知恩图报，人生必然收获幸福。

古语有言："不为穷变节，不为贱易志。"做人，应以志气为先，不能因为地位、身份的低下就改变志向。这是一个人行走世间最基本的底线。如果守不住，便如那路边野草一般，没有骨气，随风飘摇。但若守住了，就有一种气势，腐蚀近不了身、诱惑入不了心。正如当年的陶渊明，虽是小小一县令，却有着"吾不能为五斗米折腰，拳拳事乡里小人邪"的骨气。人有志，竹有节。

我是一个不唯上、不唯书的人，也相信有格局的老板是愿意听听方方面面的意见、建议的，这就是兼听则明的道理吧。前几日，党工办李小雨入职试用期已满，我参加她的转正会议，我在会上说，人在职场要有志向，同样的8个小时，有的人在努力工作，有的在混日子，一个月看不出来，也许一年也看不出来，但是过了3年、5年，你还在基层工作，人家已是中层干部，这个时候我们该有何感想？是怪自己没有背景，还是怪自己没有用心、没有奋斗？解决别人不高看你，解决你卑微的层级，唯一的途径就是强大自己，我回集团任职，有的人听说后很惊讶，特别是在PC工厂就认识我或者打过交道的人，他们怎么会想到担任党委副书记。晓燕总给我留言说："涂总，你现在到了一个很适合自己的平台，听从内心便好。"

回想我离职时告诉黄副总，她说听到消息，她有点难过。不过她也相信，是金子在哪里都会自带光芒。不久，我就赴新单位担任副总经理了。我总认为，凡是经历的，都是命中注定的，是不能省略的或者越过的，这是风景，这是财富，不然怎么会有我的随笔集《萤火集》《春雨集》出版呢？我感慨，生而为人，再苦再累，都不能丢了自身的志气与骨气。做人，凭的就是一份骨气。自己不卑不亢，别人才不会看轻，这是原则，更是底气。

人生一分耕耘，一分收获，人过留名，雁过留声，容不得半点虚假。小胜靠智，大胜靠德。人这一辈子，有所为，有所不为。什么事情能做，什么事情不能做，内心一定要有所权衡。唯有守好初心，不丢底线，日子才会踏实可爱，自己才能幸福心安。

第四辑

逆境远方梦想

相处舒服，无言也暖

前几日，我写了一篇小文章《人生过半，要学会放下》，把最近一些感触记录下来。自去年到集团担任党委副书记，经历了一些事情，当然又长了一岁，看待人和事业又有了新的认识。

我在《人生过半，要学会放下》里说道，人过五十岁后，走过了半生，到了知天命的年龄，能够看清了人情世故，也能够明白自己究竟想要过什么样的生活了，所以要知道，身边有些人是否能够深交，还是需要去远离，理清了这些关系，下半场人生才能活得越来越好。

古语云：君子之交，淡如水。诗人顾城说：草在结它的种子，风在摇它的叶子，我们站着不说话，就十分美好。人与人相处久了，包括同事之间，你会发现相处不累，久处不厌是一件多么难得的事。

记得上周六下班，在楼梯口看见佘总：

"下班了，佘总带我一下。"

"好的，你到什么地方？"

"我去希尔顿大酒店附近。"

"正好路过。"

15分钟的车程，我们聊完工作，又聊起了天，很是开心。

我跟他说起春节前的一个早上，他在公交站台停下来让我上车的事情。那天很冷，我在路边等公交车，我看见一辆白色车行驶到我前方停了下来，然后又往后倒了一下，我望着这个车。车门打开了，我一看，原来是佘总。我上了他的车。他告诉我说，早上去店里把集团在店里做的奖牌、证书带过来。

佘总在集团担任党委委员、监事会主席。我认识他是在2017年国庆节后，那时我在PC工厂担任人力行政总监，公司招聘会计岗位安排面试，总经理让我请他过来，帮助参谋。他时任集团财务总监。

他待人和气，也很低调，听董事长说，前两年他退休后，集团真诚挽留他再和大家一起干几年。我来了以后，他也很支持我的工作，我牵头"三会三总师"工作，每月工作计划，他总是提前发给我。春节前夕，党委开展慰问党员活动，"两优一先"推荐活动，他积极参与，提出自己的意见、建议，不推诿，不摆挑子，有担当精神。他也不是那种嘴上说支持，实际上软抵抗，嘴上说执行，实际是放水的人。人品、格局深得我学习，在领导班子中享有一定的威望，在年度民主生活会上，党委书记称他是模范。

有的人说，想带你的人，无论到哪里，再远的路都方便。不想带你的，近在咫尺，他也会说有事不方便。

人与人相处愉快的本质其实是：跟你在一起，我不用改变那么多的原则。三观不同，不必强融。硬要和三观不同的人凑在一起，难免违心迁就，这对彼此都是一种折磨。

2019年，我出版了作品集《萤火集》，把我10多年发表的文章收录在一起，有的人就在我的书里。在"悦"读分享会上，与会的领导、朋友没少夸奖，我告诉他们，我仅仅喜欢写而已，离文化人还有许多功课没做呢。2021年，我的第二本书《春雨集》也在出版社审稿，里面也有谈到人与人之间如何沟通相处，我自认为要比第一本书更加"接地气"。

记得前几年，有位女士自称著名学者，后来在一个大学演讲时，被一群大学生轰下台，自那以后媒体已经很少看到她的踪影。我觉得与人相处，彼此的默契很重要。我曾经跟一些人说过，职场人就像坐车，上上下下，很正常。有的人下车后，还保持联系，有的人就永远相忘江湖了。

作家林清玄曾说：最好的表达是沉默，而不是语言。有时候，和一些人单独相处，一旦没话说了就会尴尬，会没话找话。但真正舒服的关系，既可以讲废话，也可以不说话，没有尴尬，因为懂得。

相处舒服，无言也暖。有时候，沉默不是冷漠，而是一种心灵的契合。

历世事艰难之后才明白，人生有太多事难以向外人道也。比语言表达更重要的，是心灵的倾听，费力的感情，不必勉强。

始于性格，久于舒服，这是人与人之间最好的关系。

在逆境中磨炼坚韧

逆境，是人生最好的老师。不经历刻骨的磨难，怎么练就出坚韧。当你发现撑不住的时候一定要坚持住，往往转折就在最低谷，扛过去了，有人就会向你低头，甚至甘愿臣服。

——题记

2021 年即将落幕，新的一年正迎着冬日暖阳踏步前来。

就在前几日，我和集团几位领导去参加一个"饭局"，很碰巧遇到了快两年未见的老领导，准确的说到 2022 年 1 月 16 日我离职集团 PC 工厂满 2 年。

席间，老领导和我聊了不少，谈到人力资源，谈到党务和工会工作，时间是检验一切的"武器"，它会告诉你一切真相，这里面没有办法掺假。老领导对我的人品和能力给予认可的同时，也觉得有点遗憾。我笑着说，我无论在集团 PC 工厂还是回集团工作，都是同一个董事长，负责的工作也是我熟悉的。

我是从逆境中履新集团党委副书记的。从集团 PC 工厂人力行政总监到连云港迁人 PC 工厂副总经理，短暂的 2 个多月后回集团工作，在家撰写整理《春雨集》又花去了近四个月的时间，即使我在逆境中依旧有感恩的心态，我开玩笑跟同事说："我离开集团 PC 工厂，有的人是有贡献的。"有人说我说错了，纠正我说，你到集团担任党委副书记，进集团领导班子，有的人是有贡献的。这是情商更高一筹的话。

我从 1992 年 12 月参军入伍，到 2021 年岁末，一路走上，坎坷伴随着喜悦，失眠伴随着自然醒，说起来随时都可以挑出几件事来。最近写了不少随感，在《为自己工作，困难都会让步》中，写道：这两年，我听过最恶心的一句话，事情都过去了，你怎么老揪着不放？有些事情你是过去了，但是我过不去。因为被迫吞下委屈的人是我，不是你。

其实我每一篇文中都是有真人真事，因为经历多了，素材也就多了，脑子里自然就会去酝酿从什么角度构思写作，最终要把这些作品汇编在一起出版《红叶集》，这是计划 2022 年出版的第三本随笔集。

逆风可飞翔，乘风可破浪，一切都是最好的时机，逆行是人生最美的姿态。当你从深渊里爬出来的时候不要抱怨任何人，逆境是为了助你修行，而不是让你堕落。不要畏惧平凡，普通人做好每一件平凡的事，就是不平凡。平凡，是人生最好的状态。我们无论如何，别伤了帮助你的人。记得，我从连云港到淮安时已经是下午 1 点半了，可我在 2 点半时已经坐在董事长办公室了，我是来汇报在连云港工作情况的。在我离开连云港的路上就电话向远大江苏中心领导汇报了在那边的一切。

有的人好奇，感到意外，甚至回到集团工作时，还有人问我，怎么去连云港远大 PC 工厂就工作了 2 个月？我朝他笑笑，生命在乎长短吗？工作在于长久吗？雷锋的生命也就定格在 22 岁，新时代青年楷模黄文秀冒着暴雨连夜开车返回工作岗位，途中遭遇山洪暴发，不幸因公牺牲，年仅 30 岁……每个人对生命的意义理解不一样，每一个人对工作的理解同样不一样，以前我在文章中说，有的人一直在一个单位，一个工作岗位，一干就10年、20年，甚至到退休，顺风顺水的，固然是件好事。但你没听说吗？走了弯路，有的人抱怨，而有的人却在庆幸看到了无数令人流连忘返的风景。除了风景，还可以遇到意想不到的收获，比如朋友、经历、阅历等。无论怎样，我们都应该扛起责任，做一个有家国情怀的人。

有人面对挫折、逆境也许选择抱怨、颓废，我失业在家也会坚持写文章，每天都会安排得很好，做自己喜欢的事情。妻子有时不理解，都不上班了，哪来的热情写文章。每个人的乐趣不一样。《边走边拾》就在2016年3月有了成果，当看到成品书，那种心情可激动了。世界上没有什么感同身受，你无法体会到我那时的感受，经历不一样，哪来的感同身受呀？许多人支持《边走边拾》，这是信任，是鼓励，遇到了不少"贵人"的帮助。

肯帮助你的人，一定是你的贵人；如今，这样的贵人不多，遇到了，必须珍惜一辈子。因为帮助你的人，目的只有一个，那就是希望你能过得更好！这也是你做了善事积德的回报。友不在多，贵在风雨同行；情不论久，重在有求必应。

我忽然想起杨绛说的话，她说："岁月静好是片刻，一地鸡毛是日常，即使世界偶尔薄凉，内心也要繁华似锦，浅浅喜，静静爱，深深懂得，淡淡释怀，望远处的是风景，看近处的才是人生，唯愿此生，岁月无恙；只言温暖，不语悲伤。"

希望未来遇到更多的美好！

我的调研笔记

　　我在集团担任党委专职副书记，2021年春节后，党委书记跟我谈工作时，提出要建立党委、三会三总师（董事会、监事会、工会和总经济师、总工程师、总会计师）挂钩服务集团四部一院（行政部、财务部、经营部、工程部、工程研究院）工作。这项工作推进得很快，记得5月中旬集团下发文件，对挂钩工作进行布置，决定我负责挂钩工程部工作。

　　我是从集团PC工厂过来的，集团的工程部就类似于生产型企业的生产系统，我大致也了解一些。对于挂钩，开始我是有顾虑的，也向党委书记提出，让三会三总师领导挂钩吧，我就不挂钩了吧。党委书记跟我说，我来集团时间不长，需要深入了解集团情况。说的也是，我是2020年10月下旬来集团的。

　　既然决定了，我就忙起来了。6月5日，工程部分管领导通知我参加他们部门月度例会，第一次参加会议，我想该说些什么，有的人告诉我什么也不说，我想也不能做个"哑巴"，总要表个态吧。在听了他们的工作交流汇报，我说了两点：一是来学习的。到了集团面对新情况，要想把工作做好，首要的就是要熟悉集团情况，认真去学习，挂钩工程部是最好的学习方式，通过调研可以了解集团项目管理等情况。二是来服务的。作为集团党委副书记，要把党建工作与集团的中心工作有效融合起来，形成集团高质量发展的合力。我也会尽自己所能，去帮助解决工作中的困难，协调有关难题。

第一次会以后，我根据会上有关项目经理提出的泗洪城南实验学校建造项目中，还存在一些安全隐患和管理不足等情况，决定调研的第一站就去那里看看。我去还有另外一项任务就是宣传党史，集团党委在 4 月 24 日召开了党史学习教育动员大会，对党史学习教育作出全面部署。

经过前期准备，我决定在 6 月 22 日下午前往宿迁市泗洪县考察泗洪城南实验学校建造进展情况，慰问并殷切叮嘱一线建筑工人要紧抓安全生产要义，争做高效、安全生产第一人。今年 6 月是全国第 20 个安全生产月，切实做好建筑安全隐患自查自纠工作，为迎接中国共产党建党 100 周年纪念活动提供安全保障。集团工程部、行政部安排有关人员随行。

六月的江淮大地，烈日炎炎。我们从集团出发，约 2 个小时来到了位于宿迁市泗洪县境内的泗洪城南实验学校项目工程进行了详细的安全检查。该项目负责人潘经纬在现场向我们介绍情况。我跟潘总交流，该项目虽然工期紧，但是安全工作也不能忽视。安全生产关乎每一个家庭的幸福完整，关乎一个项目的及时顺利完工，更关乎到一个公司的长远安全稳定发展。夏季，高温雨水季节，同时也是建筑行业中安全事故多发的季节之一。要提前做好建筑安全隐患的自查自纠工作，防患于未然就显得极为重要。

在施工现场，我一边听取项目负责人的工作汇报，一边还实地一层楼一层楼、一处细节一处细节地对整体在建项目进行了一个全面查看与检验。对于检验过程中发现的，如个别工人安全帽佩戴不规范、地面建筑垃圾堆放混乱容易存在安全隐患、楼面间距缝隙过大连接的木板过小有失足危险等问题，都逐一指出，提出要求。潘总当场表示，会及时加派人手对被指出的问题现场进行逐个改正，并对可能存在的同类问题进行及时的自我排查，确保此类问题不再发生。我跟潘总说，安全生产事关重大，决不能马虎，更不能当做儿戏。谁不重视生产安全，谁就不是也不能够成为一名合格的建筑人，一名优秀的职场人。

我还对在炎炎烈日下，仍在挥汗如雨辛勤劳作的建筑工人表示由衷的敬佩和慰问，并叮嘱他们注意做好防暑工作。看到他们拼搏的样子，我深有感触，每一名施工人员都是优秀的打工人。集团也正是因为长期以来有他们的无悔付出与艰苦奋斗，才取得今天的辉煌成就，是他们铸造了奇迹。集团正同国家一样处于高质量发展的时期，需要各方面人才，集团这个平台将为人才提供广阔的施展才华舞台，人才也必将在集团大有作为。要切实保障好他们的合法权益，在炎热的夏季为他们提供良好的后勤保障工作就显得尤为重要。

我还与部分施工人员交流，宣讲"四史"。我告诉大家，围绕庆祝中国共产党成立100周年，集团党委根据上级部署广泛开展党史、新中国史、改革开放史、社会主义发展史宣传教育，普及党史知识，推动党史学习教育深入群众、深入基层、深入人心，引导职工群众深刻认识中国共产党为国家和民族作出的伟大贡献，深刻感悟中国共产党始终不渝为人民的初心宗旨，学习中国共产党推进马克思主义中国化形成的重大理论成果，传承中国共产党在长期奋斗中铸就的伟大精神，坚定不移听党话、跟党走，在全面建设社会主义现代化国家伟大实践中建功立业。在场的工人们不禁发出感叹：和中国共产党这一百年来遇到的困难比起来，我们现在所面对的这些又算得了什么呢？我们要听党话，跟党走，要向身边的共产党员学习，不怕吃苦，不怕困难。

当日，我还与项目部人员座谈，学习贯彻上级有关安全生产的要求，围绕"落实安全责任，推动安全发展"主题，要求驻场人员要认真履职，勇于担当。场地项目部汇报了项目的最新进展，工程部马经理对项目目前已取得的成绩表示了肯定与赞扬，并对项目部工作人员的工作给予肯定，鼓励他们继续下去再接再厉，再创辉煌。同时，也对项目进展过程中存在的些许不足提出了整改意见，并督促及时改正。

后来的几个月时间直到12月，我先后去涟水空港人家安置小区、金湖供水设施技术提升项目、洪泽交通新村安置小区，淮安区湖畔景城安置小区工程、云河湾三期、东城花园二期、温馨家园二期工地现场视察工程项目，到纬一路南侧（经五路东侧）地块商住项目和云河湾三期项目针对安全隐患整改情况进行调研。几次调研给我留下很深的印象，我在工程部例会上说过，我们的项目经理工作开展得怎么样？我在项目上调研时就能感受到，要进一步强化监管职责，围绕主责主业开展工作。在纬一路项目上，我在与现场负责人交流时，听到他们表扬项目经理，我现场还查看了安全例会记录，各方面做得很好。

经过几个月的调研，对集团项目管理有了进一步了解，学习了许多知识。我还在11月底陪同集团董事长一起去安徽合肥参加东方国信科技有限公司合肥研发销售中心项目封顶仪式，并受到热情接待，感受到集团在建筑领域的实力、影响力和知名度。我想，未来的集团的发展一定会迎来新的机遇，取得新的业绩。

从《萤火集》《春雨集》中谈价值

2021 年 1 月 12 日《春雨集》书稿发出版社，到 6 月 15 日成品书回来，可谓是一波三折，也算是好事多磨吧，这次出版投入的精力也很大。而《萤火集》的出版就顺利了很多，记得是 2019 年 5 月 9 日稿子发给出版社，8 月 20 日成品书就回来了，三审三校很顺利。今年，国家对出版物管理是非常严格的。《春雨集》，这是我向党百年华诞敬献的礼物。

这次出版的《春雨集》和《萤火集》一样，题材上都是随笔，是以我这么多年在淮安区多家企业工作经历为背景，在不同的企业，不同的岗位，接触不同的人和事的所作所为和感悟，给自己留点回忆，给他人留点精神食粮或借鉴。写写工作、说说生活，这是我为数不多的工作之余的爱好了。也正是这样的爱好，伴随着我在外"漂泊"了 10 多年，但初心不改，一往无前。它告诉了我们：身处低谷，仍心怀希望；困难重重，仍坚定前行。

从《萤火集》《春雨集》说开去，聊聊开心事情和价值方面思考。

天下熙熙，皆为利来；天下攘攘，皆为利往。任何关系都存在一个价值交换问题，所有的人际关系，目的也好、动机也罢，或者如何才能继续维持下去的理由等，最终都是为了满足自身利益的需求。"互惠互利"四个字，已经高度概括了一切，但需要深度去理解这四个字。

我的第一本书《萤火集》出版时，我在 PC 工厂主管人力行政工作，分管人力行政部，有实力很棒的团队。书回来的当天上午，我给总经理送去一本，其他谁也没送，十天左右，销售工作就结束了，产业园领导也助力销售。后来有的人要多买，我还在协调，让多买的人少拿一些书，副厂长跟我开玩笑说，建议给其他高管每人送一本。可惜书没了。再说《春雨集》销售，我的位置也发生了变化，集团青年文化社支持了 100 本，每人 1 本。支持者好多是《萤火集》的读者，新认识的南京一家企业老总让我快递他 1 本看看，后来让我再发 50 本去，说是要发给管理人员学习，提升公司的管理水平。

我，还是那个我，表面看是职位变化了，其本质就是一个价值变化的问题。就像一个人会请你吃饭，没事送你点儿什么，是钱多花不出去了吗？千万别这样去想，别人不会无缘无故请你吃饭，吃一次可能无所谓，绝对不会无条件多次请你吃，只有你的亲生父母可以做到。毋庸置疑的，钱对于每个人来说都很重要，既然如此，为什么会把那么重要的东西付出在你身上呢？付出的理由又是什么呢？难道纯粹因为感情好？显然不现实，不过就是看中你身上的价值，让对方觉得值。或者想要收回点什么，总要先付出点什么。也或许对方暂时明白你的困难，但相信度过难关你依旧是有实力的。说实在的，这样的关系并不可怕，真正可怕的，反而是那种绝对纯粹的关系，而且这样的关系，往往是不够长久的。

一段关系的疏远，也是从价值不对等开始的。因为价值不对等，就不愿再把那些重要的东西，比如时间、精力和金钱浪费在你的身上，正所谓人往高处走，水往低处流。劳动关系中也是如此，能力与价值不匹配，必然合作不长久。当然，也有目光短浅者，只看当前那点利益，对人和事误判，使自己跟错人。

前几日的一天晚上，刘总经理跟我聊天说，他的朋友老汪又"回炉"了，说是离职后在安徽一家企业干得不开心，不太顺，后来与"前东家"联系，希望回来。"前东家"认为，既然混得不好，回来就回来吧，对公司还是有一定价值的。我调侃刘总："你目前赋闲在家，如果想回来，我也可以递话给董事长。"刘总婉拒说："不想吃回头草、回炉的烧饼不香。"人各有志，人生道路千万条，回头路不是人人都爱走的。

有些东西从来都不会因为关系、年龄和时间而改变，除非一个人，真的能对世俗有那种居高临下的包容，什么都不计较，什么都无所谓，但是这样的人，往往更喜欢独处，根本不想和任何人有关系。有能力的往往是孤独的。

在我认识的一些朋友、战友里面，他们的朋友圈相对比较"干净"，因为他们不需要认识太多的人，他们有自己的圈层。任何关系，都存在一个价值交换问题，社交的本质就是价值交换，已经被很多人认可，只不过这种说法有点赤裸裸，揭露了人性的真实。但现实就是这样残酷，这就是关系的本质，只有等价的交换，才能得到合理的帮助，不论是工作交往、朋友交往都一样，现实就是这么残酷。

你还要想清楚到底是凭着哪一种价值支撑着这层关系，在感情的基础上谈价值交换可能会更容易心想事成。努力去做更好的自己，用实力吸引朋友才是长远的。

处境心境

在职场你要记住：别人孤立你，说明你强大；嫉妒你，说明你出众；诋毁你，说明你优秀；利用你，说明你有价值。因为强者孤独是常态，弱者才会在意别人的看法和眼色，才喜欢所谓的合群。

——题记

今天是 2021 年 4 月 28 日，时间过得很快，就在前几日集团安排搬到新大楼，我是在今天将电脑等办公设备搬过来，因为这一天是我履新整整半年了。最近一直很忙，一方面是党史学习教育展开了，学习教育方案、领导人讲话稿等会务工作有条不紊地筹划，还有就是进入新的角色的转换，今天至少对我来说，有着特殊的情结和意义。

半年来，在集团工作，说是新环境，也不完全是，我在 PC 工厂主管人力行政工作时，经常组织员工在集团 4 楼大会议室培训，那时工厂还在筹建之中，我入职主要抓招聘和培训工作，场地受限，就在集团会议室进行培训。说熟悉也不完全是，跟这边人打交道少，认识的不多，因此这半年主要还是与人沟通交流，至于业务方面，不是新领域，应该说还是老本行，只不过在 PC

工厂是兼职党支部书记，到集团是专职党委副书记，更有精力去考虑党建方面的工作，思考如何干得更好，更有特色，促进发展。

曾看到这么一段话是说，如果你是司机，你会觉得路人要守规则；如果你是路人，你会觉得车主需要礼让。如果你是上司，你会觉得下属不认真；如果你是员工，你会觉得上司很严苛。人啊，不同的位置，不同的想法，不在什么位置，很难感同身受，处境不同，未必理解得了。我们的处境不同，很难理解对方的感受；我们的境遇不同，很难明白对方的做法。这个世界，不会有相同的人，走相同的路，有相同的感受。我们都是独一无二的个体，我们的性格和思想的形成，都源自于我们成长的路。

处境不同，难以理解；思想不同，难以共鸣。所以我们更需要体谅和包容，需要站在对方的角度去思考。不要轻易评判谁对谁错，汝之蜜糖，彼之砒霜。一个人站在自己的位置上去看别人，永远都不会有结果，也很难去解决问题。就像我现在做的是党务工作，那么对人力资源和行政工作就很少发表意见和看法，因为每一个人的思维方式，工作艺术和方法都不一样，而对党务工作，我自然也有自己的经验和方法，刚开始有人会说，涂书记，你才来，以前不是这样的。也有人会说，你待久了，就知道了。三个月后，就没人再说这些了。其实，有的人是关心，也有人不太愿意接受新的，甚至有人心里会说，以前是如何如何的。记得有一次和总经理交流时，他说，过去是那么做的，随着环境或者形势的变化，我们也要随之变化作出调整，与时俱进不是嘴上说说，行动上墨守成规，也不是要别人与时俱进，谈到自己还是穿新鞋走老路。对有些人，心中充满着感激，他们是实实在在的行动上的支持，而非口号支持。

每一个人在平台处于不同的层次或位置，虽没高低贵贱，也没有三六九等，但却有不同的水准和水平，也有不同的人品和三观，看问题，思考问题的方向也不一样，层次低的人越固执，我记得多年前，我跟儿子说过，你在班级的位置取决于你的分数，老师往往是用欣赏的眼光看待优异者，爸爸在厂里的位置取决于爸爸的"票子"。不是什么人都会受到尊重的，一个人的层次、位置决定了他有多少资源，现代社会你手中有他人想要的东西，那么你就会受到他人的尊重，即使你说的很没道理，他人也不会去反驳，这就是人性。你和一个小人争输赢，赢了他也会报复你；你和一个胡搅蛮缠的人论短长，你永远都解释不通。不同的人，有不同的思想；不同的心，有不同的度量。但你和别人产生分歧，稍稍解释一下就行了，不要几次三番，因为对方根本听不进去。道路相同，能够同行；道路不同，不去强求。三观一致，思想相通，在和人交往中尤为重要。常与同好争高低，不与傻瓜论短长。这才是高情商的表现。

人会随着处境的变化，带来心境的变化，无论是顺境到逆境，还是逆境转运到顺境，人的心情状态是不一样的。2000年9月，我在金莲纸业担任党委办主任时，跟着领导学做党务，更多的是历练本领和能力，则羡慕能像领导那样，无论云卷云舒，我心不动，宠辱不惊。我常以他为榜样，不断调整自己，在过往的岁月，无论再多的委屈，哪怕受到诬陷，打击报复，都没有消沉，最多把自己关在宿舍，打开电脑把心境流露在字里行间，心中时常想起一个战友说的，人的进步和成熟要感谢对手，当没人把你当"敌人"时，意味着你已经靠边了，甚至是"废人"了。合得来相处，合不来不求，人和人之间，聚散随缘，远近随心，与珍惜你的人为友，和懂得你的人为伴，这样才获得舒坦。人与人因缘分相识，因感情相交，因人品珍惜，因品德敬重。漫漫人生路，和三观一致的人为友，和惺惺相惜的人相守。

到了集团，领导的鼓励支持，同事的积极配合，心情是不错的，开心事情也不少，就在昨天，团结出版社发来了《春雨集》的封面，第一眼就很投缘，甚是满意，朋友们都说，很好，淡雅的风格，显得清晰明快。出版社说书稿进入到二审了，今年迎接建党100周年，出版物也多，审稿时间也长了许多。就在上周，还有朋友发信息询问《春雨集》何时寄出，他购买了一套，即《萤火集》《春雨集》，我感谢他支持，也请他耐心等候。有人调侃问我，《春雨集》有熟悉人的身影吗？我知道他的意思，我"怼"过去：过往的经历已成为"作品"，故事里的事，说是也是，说不是也不是。艺术来自生活，必然也高于生活。我可以肯定的告诉你，我如果再出第三本书，一定会有我在党委副书记职位的故事。好友家永说，涂总出品，必是精品，他还是和以前一样早早预订了十本。

《菜根谭·概论》里说："处世让一步为高，退步即进步的张本；待人宽一分是福，利人实利己的根基。"让一步是气度，宽一分是大度，唯有如此，才能让你的人生少些不必要的麻烦，多点美丽的色彩。处境、心境，无论外部环境如何变化，取决于自身是否强大，心若强大，自带光芒。

我上电视了

上周末在家。晚上，我躺在沙发上一边看电视，一边和微信群里伙伴聊天。

"电视里正在播放你呢！"浪漫人生"@"我说道。

我感觉很意外，这么快就上电视了。区电视台2天前来集团采访的。

"庆祝你上电视，露脸了！"在一旁的妻子调侃道。

"不庆祝一下太可惜了！"我应道，听我赶紧给你说说吧。

我回集团担任党委副书记一年半时间了，集团重视党建工作，这也为我开展工作提供了许多便利。我对党务工作并不陌生，之前就在集团PC工厂担任人力行政总监兼党支部书记。

去年，集团党委开展党史学习教育，我和党委一班人按照区委要求，努力做到规定动作做到位，创新动作有特色，记得市委党史学习教育巡回指导组来集团巡视时，对党委工作，特别是党史学习教育给予充分肯定，认为党建与集团经营管理的深度融合，促进了集团高质量发展。组织党员积极投身"两在两同"建新功、"我为职工办实事"、"红色足迹延安行"、"党史快问快答"、"百年党史职工说"等多种形式实实在在的教育实践活动。后来"淮安发布"以《忠诚担当映初心》介绍我开展党建工作情况。

今年（2022年）5月2日，区委召开全区党建工作会议，我和党委李书记参加了会议，会上区委表彰了50名党员先锋，有幸我榜上有名。我对李书记说，这说明了区委对我们集团的肯定，对党建工作的肯定。

"五一"节后上班的第二天上午，我接到区电视台焦记者电话，说是要来集团采访我，我笑着说，我个人不值得宣传，多宣传我们集团吧。组织交办的任务必须完成，于是答应接受采访。

采访是在5月10日上午进行的，集团传媒也安排专人随行。这天上午集团党委两个会议一起开的，一个是传达全区党建工作会议精神专题会议，还有一个是党史学习教育总结暨2022年党委工作会议，两位记者参加会议并拍摄了素材，这也是展示集团的机会。我们去了项目现场，采访了部分员工。

我接受采访的任务完成了，紧接着安排去集团今年重点项目——全国青少年思政教育核心基地项目，开展调研活动。这个项目总建筑面积1.07万平方米，总投资1.26亿元，包括综合楼、思政教育馆、运动场、古城墙遗址保护与展示、雕塑广场以及景观绿化等配套工程。这是具有高度政治意义和历史意义的省重点工程，上级领导高度关注。

采访专题片是在5月13日晚上《淮安区新闻》播放的，时长有3分多钟。我十分激动兴奋，这是我第一次上电视，我反复看了多遍，为记者们在这么短的时间内制作出这么精致的片子的敬业精神而赞叹。片子内容很丰富，展现了集团经营管理和技术创新等方面取得的业绩。

后来，我跟办公室同事说，任何人取得的任何成绩离不开平台，是平台为想干事、能干事的人提供施展才华的机会。对我来说，我感恩集团，感恩支持我、帮助我的"贵人"，面对未来，正如专题片名字，筑梦前行、再立新功。

我上电视，这是一件难忘又激动的事情。

逆境不屈

在我们周围你会发现，在顺境中趾高气扬、专横跋扈的人，遇到逆境准会怨天尤人、垂头丧气。

——题记

苏轼在《后赤壁赋》中说：山高月小，水落石出。人生经历得越多，越懂得刘备的不易，越是钦佩他的百折不挠。

刘备自幼丧父，家境贫寒，与母亲以卖鞋织席为生。他和曹操比，没有曹操那样显赫的家世，也没有像孙权那般雄厚的家业，除了一个"刘皇叔"的空名，一无所有。没有地盘、没有兵力，只能寄人篱下，一切从零开始，建团队打天下。折腾半生，年近四十，手无寸土，一事无成。命运让他屡战屡败，他却屡败屡战，永不言败。因为他知道，放弃只有一种结果，而不放弃却一切皆有可能。凭着一股韧性，终从一无所有到三分天下，耳顺之年成为一方霸主。

这也是最近参加朋友一次聚会上，大家交流的一个话题。我们面对逆境该如何去做，是选择"躺平"，还是像刘备一样百折不挠。身处困境的时候，一个人的反应能显露出他的胸襟和格局，乃至结局。

朋友老唐说起他的逆境，对我们来说也是激励。他在 2020 年春节后，就被老板以各种借口，逼走了。回家后，老唐就给自己"放假"，每天买菜、做饭、散步，期间还和几个好友聊天，畅谈一下人生。虽说过了五十岁，我们都说老唐精气神十足。他在当地企业人力资源圈很有影响力。春节后，老唐就被一家企业邀请去担任管理顾问。用老唐的话说，以前坐班，现在根据企业需要去班上。我们向老唐投去羡慕的眼光，老唐说，无论外部环境如何，我们的心境不能被左右，以积极的心态，面对挫折，这是职场人的操守。现在有许多职场人，面对压力，往往采取的方式就是妥协、顺其自然。老唐说，这不可取。

赵经理，接续老唐的话题，谈着他的思考，其实谁的人生都不容易，需要珍惜生命，珍惜任何机会，珍惜周围的一草一木。赵经理最近也遇到不顺心的事情。他来公司十年了，这十年岗位没动，薪资没动，跳槽已经没优势，对现状自己恨自己，怎么活成这副模样。我们都说，老赵这些年没进步，有种守摊子的思想。

张副总看着我说，涂总现在转岗做集团党委专职书记了，给我们传经送宝呀！我们这帮人彼此都是十多年的交情。我说，我在国企逆境不多，那时主要是房子的压力，一家三口收入低，老婆带孩子没上班，生活很艰辛。那时，我们对生活，对未来充满希望，充满期盼，奋斗就是我们的"底色"，功夫不负有心人，2003 年底，我们搬进来属于自己的楼房。

"书记，您说的这些事，我们在您的《萤火集》都看过了，今天说些新鲜的。"于经理说道。

"那我说去连云港远大前后的事情如何？"我应道。

于是我饶有兴趣回忆起，去连云港远大前后的事情，直到回集团担任专职副书记。从过去主管、领导着一个强有力的人力行政团队，到现在主管党委日常工作，需要比过去花更多的精力和时间去完成每一项工作。值得庆幸的是，我来集团的初心没变，主要领导的支持没变。

人生时常有逆境，这就是人生。我们需要进行评估，有时换一种方式，也能达到成功，退一步海阔天空，有时进一步也是海阔天空，靠自己去判断、思考、把握。我觉得一个人的成功，或许有运气、有贵人，但一定不可或缺的是他失意时永不言败的坚持。正如梁启超说：古之立大事者，不惟有超世之才，亦必有坚韧不拔之志。

最终能让成就一个人的，不是才智，而是意志。

随礼那些事

李明走上了副总经理岗位，一次在办公室和同事聊天，七说八讲扯到随礼往事。

朱经理分享了他的一次随礼。买房装修好乔迁，他邀请公司领导参加庆贺宴。乔迁次日，书记来到他办公室说，把他家乔迁的时间记错了，表示歉意。但同时，邀请他一周后参加他两个儿子的婚礼，他两个儿子的婚礼安排在一场宴席举行。朱经理说，当时他呵呵一下，到了那天，他正常下班，手机关机，带着孩子去游乐园玩。

随礼不是啥稀罕事，自古有之，可这事儿学问也很深。弄不好，失面子，丢感情，还得罪人。李明感触太深，在一家企业，从车间操作工做到副总经理，随礼好多次，用他的话说，随礼这东西，让人五味杂粮，感觉不好说，说不好。

二十多年前，那是二十世纪九十年代中期，李明还在操作工岗位上，车间刘主任儿子 10 岁生日，邀请甚广，当时车间有不少人去随礼。刘主任口碑并不好，但人家是干部，希望得到照顾，这是普遍想法，大家心知肚明。那个年头同事随礼都是 50 元，李明那天随礼 100 元。半年后，李明 30 岁生日，此时他已调到办公大楼任办公室秘书，他在县城一家同事开的饭店摆了两桌，刘主任自然被邀请了，大家很是开心。生日晚宴结束回到家，李明让妻子把礼单拿出来看看，发现李主任随礼是50元，李明不爽，嘴里唠叨着：怎么能这样，什么人呀？

妻子在一旁安慰他，可能是刘主任记错了吧，算了，以后还要共事呢。次日一上班，李明把刘主任随礼的事情在办公室说了，有人觉得不可思议，这是什么行为？在我们这里，这叫"短礼"，不够本分、地道的行为。

再后来，刘主任看见李明，明显不自然，有人说，有好事者把"短礼"的事情传递给刘主任了，让他在厂里很没面子。中国是礼义之邦，向来讲究礼尚往来，来而无往非礼也。后来，刘主任再也没有提起这件事。有人说，越有钱越精明，有钱人在大大方方中算计，领导也好，老板也罢，员工、下属尊重你才去随礼的，便宜占尽的不要去干，不然丢掉的不仅仅是面子，还有人品。在李明看来，也无所谓。两年后，他担任办公室主任了。这是李明工作后的第一次礼来礼往，记忆深刻。

无所谓也就罢了，还有让人气愤不过的。那是2008年的事情。那年初，李明跳槽到一家民营公司担任总经理办公室主任。没多久的一天，在公司中层干部会议临近结束时，老板林总说话了：明天中午是他儿子、儿媳30岁生日，请大家去玩玩。林总话音刚落，会议室就热闹了，声音就大了起来，大家你一言，我一语，都说一定去喝酒。

第二天中午，李明和办公室同事，按照"通知"，提前20分钟到了县城最大的酒店，这是一家至少可以容纳40桌的酒店。时下普遍是100元随礼，李明心里想，刚到公司时间不长，就和办公室同事一样，随礼200元吧。助理小张提醒他说，"主任，有的副总经理随礼1000元呢，财务经理、采购经理也随礼

500 元。您随礼 200 元，会不会少了，怕林总有想法？""不管他了，大众化吧，你去登账吧，就随礼 200 元。"

两个月后，李明试用期到了，一天下午，林总在办公室找李明谈话：

"李主任，你来三个月了，试用期也到了，前几日我们领导班子也讨论了一下，对你进行考评，得了 93 分。在我们公司有个规定，低于 95 分，不录用。我想听听你的想法？"

"低于 95 分不录用，没人告诉我呀，制度上也没有呀？我哪些事情做得不好，执行不到位，还是违反公司什么规定？"

"你也知道，民营企业没那么多规矩，管理制度也不健全。但大家认为你，没有融入我们当中来。还有半个月也正好春节了，你该享受的春节福利，两瓶洋河酒，还是给你。薪资，下午就结算吧，明天就不要来了。"李明当晚大提小袋"春节"了一下。

三年后，李明 40 岁生日了，李明提前一周电话邀请林总参加晚宴，还有赵副总一起被邀请。赵副总 50 岁生日，李明也随了重礼去的。生日宴会现场，李明没有看到林总和赵副总，打电话催促，赵副总说他和林总出差了。真出差还是假出差，鬼知道。按常理，即使出差，也要请人代随礼。

听了朱经理的随礼故事，回顾起自己的那些随礼往事，想到办公桌抽屉里赵副总邀请参加儿子搬家宴会的请帖。生活水平提高了，随礼的钱也与时俱进。最近两年一般关系就得 400 元。关系再好点，要 800、1000 不止。

像他一样，还是？李明不由得愁绪飘扬……

不负梦想，从断舍离开始

"领导，好久没有联系您了！早上看到您的文章，很感慨！自己经过这么多年还在摸索……" 2021 年 12 月 1 日 6 点半，看着手机微信有信息，我打开一看，原来是朱浩发来的，我回发了一个微笑表情。

岁月不居，时节如流，秋去冬来，2021 年已经接近了尾声。手上的事情多了起来，思考自然也就多了，凌晨 3 点就醒了，以安把我的《涂怀军：人靠什么立足职场》推出来了，我看了两遍，又回味着朱浩的信息，心里很有感触。午休时间，我抽空给他打了电话，朱浩说好多年没看见我了，最近来看看老领导，我询问他近况，鼓励他努力工作，现代的人压力普遍大，实现梦想要从断舍离开始。

还记得年轻时许下的心愿，还记得每一次熬过的苦，还记得每一段走过的路，还记得每一次仰天长叹。无论如何，到头来，过往一切终将随风逝去，自己还要继续前行，好好生活，找到生活最好的状态。

无效社交，当断则断。有句话说得好：让你疲惫的，不是工作和生活，而是繁杂的人际关系。融入不了的圈子，强融是一种消耗；没有意义的社交，费尽心思也是徒劳。朋友老李跟我聊天，每次都会吹嘘他认识多少人，提到什么单位，他立即就说，他们家某副总、某老板我认识，好像无所不能，我每次也就听听，看着他每月不高的工资，还经常被失业，每次失业找我介绍工作，我也调侃他："你认识那么多朋友，谁不喜欢人才，你不愁工作岗位，只是你愿不愿意罢了。"我跟办公室助理每次说到他的故事，总说无效社交，就该断了，所谓你认识谁，仅仅是点头之交，社交的本质是等价交换，你看看你手中有什么资源或者有价值的东西可以拿出来交换的呢？

我们用迎合他人的时间，去享受独处的静谧，品一杯茶，听一首歌，独守一份欢喜，去把无效社交的时间用在提高自己的身上，难道不比浪费时间好吗？

节制欲望，该舍就舍。欲望就像一个无底洞，如果不想被它控制，就应该及时控制它。我在我的文章中也多次说了，在物欲横流的社会里，人要学会节制欲望，超前消费要不得。周末回家聚餐，有朋友告诉我说，邻居家孩子最近在网上赌钱，输掉了近10万元，家里原本就不富裕，父母及本人收入都不高，想过上富足的生活，谁不想呀？但是，自身条件允许吗？要看看家庭情况，自身能力，只有节制欲望，才有希望过得好些。有的人有钱了，不懂得勤俭，在外沾花惹草，还以为人不知。对钱的态度，往往决定人生走向。人生就是如此，一念起，风生水起；一念落，万劫不复。不如从此刻起，放下不属于自己的东西，净化自己的灵魂。

不良习惯，趁早远离。儿子在南京工作了，我经常提醒他，年轻人不要熬夜，要合理利用时间，安排好自己的生活。有不少年轻人总喜欢用熬夜换取片刻的满足，用暴饮暴食换取片刻的欢愉，用放纵自己换取片刻的开心，后来才发现，靠消耗身体、健康换来的幸福，需要更大的代价去偿还。我们常常在健康时，却忽视了健康对自己，对家人的重要性，有人说，只有在医院和殡仪馆才能让人看清一些东西，知道什么该做，什么该要。

我们应该戒掉不良习惯，早睡早起，按时吃饭，给生命注入养分，才是治愈心灵的最佳方式。你会发现，幸福感强的人，往往居家环境十分整洁干净；而过得不快乐的人，通常生活在凌乱肮脏中。打扫房间，就是在整理自己的生活，房间越整洁，生活越有条理。及时扔掉无用的物品，清理堆在角落的垃圾，家越干净，人越有福。

生活不简单，尽量简单过。空想越多，越容易被世俗所捆绑，背负太多，越容易陷入焦虑中。唯有学着简化内心，开始做减法，才能轻装上阵，更好的前行。

自省能让人正视不足，但过度自责却会让人丧失前进的勇气。凡事过犹不及，经常否定自我，就是在消耗精力。别和自己过不去，不完美，本就是人生常态。

行走于世间，难免会遇到坎坷，学会化解压力，是成年人必备的技能。别把坏情绪积压在心里，冥想、泡澡、散步、找朋友聊天，总有一种方式，能让你放松下来。身处黑暗，自救比依赖他人更靠谱，身处受伤，自愈比等靠更有效。

一个人最好的状态莫过于，眼里写满故事，脸上却不见风霜，看不见傲气，却能感受到傲骨。待人处世，从温暖纯良开始，不负梦想，从断舍离开始。

逆境，远方，梦想

所有好事来临之前，一定会有糟糕的事情折磨你，你必须跌到你从未经历过的谷底，才能站在你从未到过的高峰。你就是你，任何人诋毁不了你，更模仿不了你，那些有诋毁你的时间，何不去思考如何提升自己呢？

——题记

告别了 2021 年的忙碌，迎来了 2022 年的期盼与希望，时光匆匆，有过迷茫、伤感，有过彷徨、失望，也有过欢愉、喜悦，也有过幸福、憧憬，无论如何感慨，新的一年来了。回首 2021 年，有许多值得留在记忆里。

2021 年的我，是集团党委副书记，协助党委书记主持党委日常工作，这是我第一次担任党委副书记。根据集团党委会研究，我分管工青妇、统战、宣传工作和青年文化社，牵头"三会三总师"工作等。记得"网红校长"郑强说过，他在担任浙江大学党委副书记时激动得几晚睡不着。回想党委书记找我谈话时，让我出任副书记，我也很激动，早在几年前担任副总经理时，好像也没这么激动，在我心里，担任副书记职务，远远超过职务本身的意义，这在我的同事中是也有一定共识的。

有人说，企业是经济组织，最终目的是追求利润最大化，党建是"副业"可有可无，而我的工作体会是，企业党组织要体现它的政治属性，这与企业追求经济利益并不矛盾，要找准党建工作与企业效益之间的"最大公约数"，这也考量着党务工作者的能力和智慧。

这一年，党史学习教育贯穿于 2021 年党委工作。年初召开的党委工作会议，对全年党建工作进行全面布置，4 月份开始启动党史学习教育，围绕区委要求，努力做到规定动作做到位，自选动作有特色。开展了百年党史职工说、党史快问快答、红色足迹延安行、书记大讲堂、书记走进项目、"七一"系列庆祝活动、专题组织生活会、"两在两同"建新功活动、区第十三次党代会、市第八次党代会代表的推选工作和会议精神学习贯彻等，"三会三总师"联席会议机制发挥着集团"智囊团""参谋团"的智库作用，出台集团干部教育培训规划（2021—2025 年），举办干部培训班，党的十九届六中全会闭幕后，及时组织学习全会精神，党委工作切入点和重心始终围绕经营管理，发挥着独特影响力，增强党组织的凝聚力、战斗力、号召力，达到了学史明理、学史增信、学史崇德、学史力行的目标，提升了党员政治素质和修养，促进了集团各方面工作的持续开展。我先后在《江苏建筑业》《淮安建筑业》《淮安区报》发表文章介绍党史学习教育的做法、党的十九届六中全会精神的学习体会等，以此提升集团对外形象和影响力。

这一年，外出学习的机会比以往多。5 月 28 日，去黄桥参加江苏"建筑之乡"优秀企业党建工作经验交流会；6 月 29 日，和党委书记一起去苏州中亿丰集团参加全省建筑业党建工作经验交流会，在这次会上集团党委撰写的《"党建 +3"赋能高质量发展》在庆祝建党 100 周年全省建筑企业优秀党建项目范例征集活动中获得二等奖；9 月 26 日参加了江苏省委组织部在无锡红豆衫庄举办的全省"两新"组织党务工作者党史学习教育暨专业能力提升示范培训班学习，有机会去红豆集团参观学习他们党建成果和经验。10 月 23 日、24 日参加市委组织部全市"两新"组织党务工作者资格认证培训班学习。这些难得的学习机会，弥足珍贵。11 月底，还随董事长出差安徽合肥，参加集团承建的安徽东方国信科技有限公司合肥研发销售中心项目顺利完成主体结构封顶仪式。

这一年，获得感满满。5 月，受到江苏省妇联表彰，荣获江苏省 2020 年度最美家庭称号。还是在 5 月，受到《工会信息》杂志社表彰，荣获第 30 届全国工会好信息评选言论专栏获得者。11 月，受到淮安区文明委表彰，荣获淮安区第五届道德模范提名奖。12 月，我的作品《不会忘记你的功劳》在"建行杯"庆祝中国共产党成立 100 周年暨纪念住房公积金制度建立 30 周年有奖征文比赛中荣获二等奖。回顾工作以来，先后获得荣誉有60 多项，最高的是受到国家卫健委等部门表彰，无偿献血 20 年被授予"全国无偿献血奉献奖金奖"。

值得一说的是，我的第二本随笔集《春雨集》在"七一"前夕出版了，今年是党百年华诞，这是我向党的生日献礼。国庆前夕，集团党委举办了企业文化悦享会，我有幸被安排作分享创作体会。与会领导嘉宾在交流时说我的书，对青年人在读书、工作方面提供有益的借鉴和参考。集团青年文化社每人获得一本阅读学习。淮安市图书馆收藏了我的《萤火集》《春雨集》。这一年，有幸被批准加入了淮安市作家协会。

总的感觉，这一年比昔日担任副总经理职务累，梦想与奋斗同在，把所有的过往留在过往。在书本学习中告诉我：姜子牙的经历向我们证明，成功跟年龄没有关系，马云的经历证明，成功跟长相没有关系，李嘉诚的经历证明，成功与学历没有关系，如果你不努力，不奋斗，什么都跟你没关系，努力、奋斗不一定成功，但是不努力，不奋斗肯定不会成功。如果说，我的学生时代是不懂事，虚度了年华，但我说，从当兵的那天起，我就懂得了，不奋斗就不会有我想要的东西，这包括精神的、物质的，虚的、实的，面子、里子。一路走来，体会到人生的容易，感谢遇到的"贵人"。

感谢逆境。我崇尚简单，做人做事秉承简单、易行、可操作，不要太复杂，更不要人为去复杂。为他人助力，就是给自己留余地，就不会走进人生的"死胡同"。前几年，我遭遇人生低谷，被"莫须有"地所谓"企业人才引进及一线员工的招聘工作乏力招聘乏力，企业行政管理工作存有许多不足和短板"，甚至有人公开说，宁可公司赔钱也要让我离职。可一人遮不住天，当你陷害人时，其实你自己也走进"遭报应"的倒计时了，而我不会因为逆境而颓废，忙着履新总经理了。我们无法改变环境，但可以改变心境，调整心态。要知道，并不是逆境决定你的人生方向，而是你对逆境的回应和努力，生活从来不会亏欠谁。在挫折中学会坚强，学会成长，相信所有的美好，正在赶来的路上。

感谢远方。我在集团的办公室是在六楼，有近70个平方，木地板、办公桌、中央空调等，这是我自1992年工作以来最大的，办公设施也是最好的办公室，每当我打开窗户眺望远方时，心情都不一样，当你向下看时，更是一种心境，二楼也许能听到广场上人说话，到了六楼，下面的人即使挥着手骂你两句，你也会认为在向你打招呼，其实听到与听不到意义都不大，但有可能影响心情。放大格局，心境一定不同凡响，我不喜欢"怨妇"，也不听任何"抱怨"，在我看来你抱怨，就是无能的表现，我不与无能之辈为伍。经历的必须要经历，培养向往美好生活的心态，即使身处乌鸦的世界，我依旧要做天鹅，即使有人指鹿为马，我也要经得住考验，保持干净。修一颗正义有爱的心，请相信无论何时何地，我们在心中必须树立起一种意识，相信总会有一个高度，能让自己看到不一样的风景，只要敢打敢拼敢闯的劲头不减，你就会惊讶地发现，经过一段时间的奋斗后，其实，诗和远方并不遥远。

　　感谢梦想。人生的本质是又苦又短，人是哭着来到这个世界，当你离开时，你就放下了所有，人生每天都是"直播"，人生就没有彩排的机会，光阴不容浪费，朝着一个目标前进，我经常说，人是活在希望里的，这个希望就是梦想，就是目标，也可以说是欲望，我们可以制定不同阶段的目标，个人的，家庭的，工作的，让梦想照进现实，只要有梦想，谁都了不起，因为人生不设限，成功无边界。平台是实现梦想的基石，要主动积极去创造平台，寻找机会，通过提升自己争取更优质的平台，并展示自己的才能和修养。当你还没得到你想要的时，不要灰心，不要沮丧，给时间一点时间，坚持一路前行，即便无人鼓掌，也要全心投入，因为，时间能塑造一个完全不同的你。也要感谢在实现梦想的路上遇到的"对手"，因为"对手"会逼着我们强大，更要感谢"贵人"，是他们搭把手助力成就梦想。

新的开始，新的生活，保持一颗向上向善的心，以最努力的姿态，去走好 2022，趁阳光尚好，不留遗憾，让未来的每一年都胜过 2021。

不会忘记你的功劳

儿子去年毕业后，就在南京工作了，记得有一次回来，高兴的告诉我说："爸爸，我公司跟我交公积金了。"我告诉儿子，我们家第一次买房就有公积金的功劳呢。儿子眼睛睁得大大地听着我回忆起买房使用公积金的往事。

那是 2003 年 6 月的一天，我所在的单位江苏金莲纸业有限公司决定，对我们南家属区平房决定翻顶重盖，对于南家属区房子的维修也是我们多次向公司领导提出的，在家里透过屋顶可以看到光线射进来，遇到雨天屋里进水了，职工私底下说，这是"贫民窟"。这次维修，虽说是一件好事，但要求职工把屋里家具搬出去，腾空，好组织施工。

妻子也犯愁，到哪里找房子过渡，几天吃不下饭，让我抓紧时间出去转转找房子。我一边上班，一边打听租房信息，收效甚微，经过思考，我决定买房，离开那个"贫民窟"。晚上，我把买房的想法告诉妻子，妻子很惊讶，我们工资那么低，又没什么积蓄，笑我哪来的勇气想起买房。

第二天，我就跟好友周顺林提起买房的事情，他很热心，拿起电话就联系朋友，次日我和他去看房，这是位于县城中百小区的商品房，有近 90 个平方米，两室一厅，三楼，看了以后感觉还不错，离公司也很近，询问价格需要 10.5 万元，这在当时来说是挺贵的，也没其他选择，对于期房、二手房，都不是我的"菜"。分两次付款，记得第一次支付 5 万元，手上有点积蓄加上父母支援的，等到第二次付款拿钥匙时，犯难了，还缺 5 千元。开发商说，不支付余款，也不退款。

那几天发愁失眠，到哪里去弄钱，妻子抱怨我说："让你租房，你要买房，又没实力，咋办？"我何尝不想租房，但我更想买房，要让老婆孩子过上好点日子。

一天中午下班路上，遇见行政科小何，他问我房子怎么样了？我告诉他，准备买房，房子看好了，房款还缺点钱，至于装潢，再说。小何说："涂主任，你怎么没想到使用住房公积金呀？"我一听，是啊，我虽然退役回来工作时间不长，公积金账户上也有点钱吧。

小何和住房公积金中心那边熟悉，当日下午，我约他一起去那边看看，接待我们的是黄梅主任，他看见我们过来，很热心地接待了我们，小何说明来意后，黄主任表示，目前买房，提取住房公积金是允许的。随后让我们填写表单等资料。好像不到一个星期时间，我把公积金账户上近 5 千元全部提出来了，加上当月工资凑凑就把购房余款交了，拿到了钥匙。

当妻子看到钥匙时，激动得眼泪都流出来了。我说："1997年 7 月，我们在外租房，2000 年 6 月厂里分了平房，2003 年我们有了自己的楼房。"后来，我们家乔迁时，岳父岳母说："新楼房真好！是党的好政策，让你们改善了居住环境。"

这么多年过去了，我和妻子的收入越来越多，日子过得越来越好，2018 年拆迁，我们到城南买了更大的楼房。然而，妻子每次谈到买房都会说，在关键的时候，是住房公积金帮了我们家的大忙。

住房公积金制度，我们不会忘记你的功劳！

评选先进那些事

开完部门例会，助理晓秋提醒李总，今年公司给部门1个先进指标还没确定人选呢。其实李总并没忘，他心里也在盘算怎么操作这件事。

李总作为人力行政总监，分管着人力行政部。这个部门事情太杂乱、太繁琐，党务工会工作也放在这个部门，谁让总经理安排李总监兼任党支部书记，还分管工会工作呢？

今年是公司投产以来召开的第一次总结表彰大会，会议一个重要环节就是表彰先进，包括先进集体和先进个人。受到表彰的都有奖金，先进集体（班组）奖金是5000元，先进个人是2000元。行政部门指标都少，工厂相对人多，指标也多些。本部门先进候选人主要集中在助理、人事主管、行政主管上，其他人员李总没考虑。

李总决定先单独沟通，首先把行政主管小古留下了，说要谈个事。

"你说说看，今年的先进个人报谁？"李总望着小古说道。

小古一愣，心想怎么问上我了？但又不知道怎么回话，心里没底。在小古看来，把握不准的事情，最好闭嘴。

见不说话。李总掏出一包软中华，先抽出一支放嘴上，点着火，又给小古扔了一支，开始发话："你看小朱如何，行吗？"

"什么？小朱，他来公司时间不长吧，还不到 2 年，比我晚半年呢。"

"小朱，担任人事主管，工作表现也不错，文字功底也可以，部门文字工作基本是他在承担的。"

"李总，我认为，您最辛苦，部门的事情都在操心，我们年轻都没经验，您看每次文字材料不是您亲自把关审核。"

"我每次发材料给总经理请他批示，总经理总是一句，李总看过了吗？我说，李总让我发你的，他就说可以了。"

"工作是大家干的，我上任第一天就说过，上级要做到不跟下属争利，下级不跟上级争权。道理懂吗？"

"李总，我们跟着您干，有信心。说实话，我跟着您学了不少东西，我感谢您的教诲。您关心我们，许多事情为我们争取。"

"不说那么多，关心你们，你们干得不错，让我有信心去找总经理。你还记得吗？我一个下午，就把你和小朱、晓秋的职务待遇落实到位了。"

"李总，这次先进个人，我推荐晓秋吧。我们几个人中，她入职最早，担任您的助理，也很辛苦。当然，不是说小朱不行，可以以后考虑。"

小古走出办公室，随后人事小朱进来了：

"这次先进个人表彰，也是公司投产以来第一次，我们部门 1 个名额，你看推荐谁呀？"

"李总，我觉得晓秋助理辛苦，推荐她吧。"

"你怎么不推荐小古或者你自己？"

"我们心里清楚，我们的能力还要提高，您经验丰富，还想跟着您多学习，我这次担任主管已经很感谢您了，我会加油的。您这么多年，无论在哪个企业工作，都在高管的位置上，我如果跳槽了，就很难说还是主管了。"

　　刚说完，晓秋助理敲门进来送文件了。我一看，正好说这事：

　　"晓秋，刚才小古、小朱都推荐你先进个人，报公司表彰。"

　　"李总，我做得还不够好，建议他们两人中推荐吧。"

　　"大家的信任，就是你努力的动力。总监助理工作干好了，可不是件容易的事情。"

　　当天下午，李总召开先进个人推荐碰头会，会上小古提名，大家一致同意，推荐晓秋作为人力行政部年度先进个人，报公司给予表彰。

　　这次虽说是评选先进的事情，但在李总看来，这也是一场工作上的交流沟通，他看到了他分管部门员工身上的团结、和谐、谦让的精神。这些人都是李总招聘进来的，李总很自信，没有看错人，没有用错人，尤其是他们的人品是过硬的。

　　好的团队，不是人多，而是心齐。（文中人物均为化名）

在回家的路上迎接新年

2021 年 12 月 31 日，2021 年的最后一天。

下午在市区处理完事情，已是夜里十一点，回来的路上显得十分疲惫，我望着车前行的方向，思绪万千，五味杂陈。

"哥，新年的钟声响了！"随行的妹妹说道。

"是呀！又是一年过去了，新的一年开始了，我们在路上迎接新年的钟声！"我应道。

2021 年，对我来说是转折的一年：

这一年，我从工作了 20 多年的生产型企业到管理型企业工作；

这一年，我从主管人力行政工作的副总经理到主管党委日常工作的党委副书记；

这一年，我从以前的吃住在公司到现在也骑车上下班。

斗转星移，万物乾坤。回望过去，心中有种"轻舟已过万重山"的快慰；立足当下，顿时有"人间正道是沧桑"的坚毅；展望未来，那种"而今迈步从头越"的豪情涌上心头。习近平总书记新年讲话还在耳畔回响，当代中国，江山壮丽，人民豪迈，前程远大。作为一名新时代的共产党员，我们一定要视使命如生命、视责任如泰山，握紧"接力棒"、跑出"加速度"，奋力走好新时代赶考路。

回首这一年有许多感动，意义非凡：

我们亲历了党和国家历史上具有里程碑意义的大事。"两个一百年"奋斗目标历史交汇，我们开启了全面建设社会主义现代化国家新征程，正昂首阔步行进在实现中华民族伟大复兴的道路上。从年头到年尾，农田、企业、社区、学校、医院、军营、科研院所……大家忙了一整年，付出了，奉献了，也收获了。在飞逝的时光里，我们看到的、感悟到的中国，是一个坚韧不拔、欣欣向荣的中国。

七月一日，我们隆重庆祝中国共产党成立一百周年。习近平总书记在庆祝中国共产党成立100周年大会上的讲话中指出："中国共产党为什么能，中国特色社会主义为什么好，归根到底是因为马克思主义行！"这一论述蕴藏着丰富而深刻的内涵，不仅是我们党百年来团结带领中国人民取得伟大成就的经验总结，也为我们党的理论建设和中国未来发展指明了前进方向。100年来，闪耀着真理光芒、彰显着真理力量的马克思主义指引我们走好了过往的奋斗路，也必将继续指引我们走好前方的奋进路。我们必须深刻理解习近平总书记的这一重要论述，充分认识其中所蕴含的历史逻辑、理论逻辑与实践逻辑。历史征程风云激荡，中国共产党人带领亿万人民经千难而百折不挠、历万险而矢志不渝，成就了百年大党的恢宏气象。不忘初心，方得始终。

党的十九届六中全会通过了党的第三个历史决议。百年成就使人振奋，百年经验给人启迪。当年毛主席与黄炎培先生的"窑洞对"，我们只有勇于自我革命才能赢得历史主动。中华民族伟大复兴绝不是轻轻松松、敲锣打鼓就能实现的，也绝不是一马平川、朝夕之间就能到达的。我们要常怀远虑、居安思危，保持战略定力和耐心，"致广大而尽精微"。

世上没有随随便便的成功，更不是敲锣打鼓就能成功的。坚持党的领导是当代中国行稳致远的根本保证。当代中国的历史，是中国共产党团结带领全国人民风雨兼程、奋发图强，成功地走出一条中国特色社会主义道路的历史。党中央要求全党同志学习党的历史，特别是要结合党的十八大以来党和国家事业取得历史性成就、发生历史性变革的进程，深刻学习领会新时代党的创新理论，坚持不懈用党的创新理论最新成果武装头脑、指导实践、推动工作。中国特色社会主义最本质的特征是中国共产党领导，中国特色社会主义制度最大的优势是中国共产党领导。正因为在党的坚强领导下，集中力量办大事，统一有效开展各项工作，我们国家才能始终沿着正确的方向稳步前进。坚持党的领导，这是我们国家行稳致远的根本政治前提和保证。

以史为师、以史为鉴，可以引导我们通向更加美好的未来。在实现中华民族伟大复兴中国梦的征程上，我们既要多方面汲取历史经验、历史智慧，脚踏实地为中国特色社会主义事业而不懈奋斗；又要注重推陈出新、与时俱进，敢于站在时代前沿、善于把握时代脉搏，更好地服务于党和国家发展大局。

昨天的印记，已成为今天的激励。我们难忘共同跨越的经历，更牵念一路上脚步匆匆的你们。我们深深体悟，相信未来，才能拥有未来。无论是千年尺度，还是百年起点，我们都不能偏离"中心"。历史给出我们路标，唯有奋斗，才有更好的未来。

新的一年，让我们带上阳光，追梦奉献，踏实而起，砥砺前行。

约友散步

人与人相处，看不上你的人，永远都看不上你，你再努力都没用。只要感受到了无情冷漠，就应及时止损，别委屈自己，去讨好取悦任何人，包括你的亲人。

——题记

上周末回家，几个好友约一起散步，我们聊天中，说到现代人已经不再喜欢发朋友圈了，各自过着自己的生活，有人说这是静默状态。

好友李总说，现在有的家庭兄弟姊妹，平时联系也少，一般都是家里有事情才碰头，即使遇到一起也说不了几句话，感觉距离很远。赵总在一旁说，没事不联系，有事才会联系，大多数不是通知出份子，就是借钱。我也搞不懂了，出份子属于礼尚往来，正常。平时联系就少，怎么借钱就想到你了？

也许是生活的压力大吧，我们都过着各自的生活，虽然没有删除或者拉黑，但再也不会主动联系了。已经不记得是从什么时候开始，聊天记录再也没有更新，自己也说不清这一切是因为什么。有时候会回忆起过去，然后突然想到这个人，才猛地发现，原来我们已经那么久都没有联系了；而再次点开聊天对话框时，又发现好像没什么可说的，甚至连个自然一点的开场白都找不到。有人说，这样也挺好，但是我们能否做到，平时不联系，关键时能拉得出，打得响。不信，你可以借钱试试，黄总说，借钱就是试金石，有的人一试就剧终。

这么多年，我在淮安工作，只是节假日回家，回到家也就想休息，与战友同学联系也不多，但战友之间的情谊却没淡漠，家里有事情，战友的情谊就彰显出来了。春节看望去世战友的父母，坚持了好多年，每到年底，就有战友张罗了，这就是难以割舍的情分。我有空也随行参加了几次活动，很受教育和启发，军旅生活是一辈子的财富。

我们也常想，平时工作那么忙，只要不反感，你躺在我的微信里，我也不删除、不拉黑，但是我们从来都不联系。有时想找老朋友说说话时，翻来翻去，才发现，上次聊天已经是 2 年前的事情了，最后还是自己刷刷朋友圈，好像找谁都是在打扰别人，又好像从什么话题开启聊天模式呢？

孙总说他，最近对手机通讯录和微信通讯录进行了清理，认为没必要的人就直接删除了，凭什么我发朋友圈，让他看到。我们调侃他：这些人说到底，对你没价值。的确，社交的本质就是等价交换，哪怕你存在于人家的朋友圈、通讯录，也要给出理由。

我说，我们在职场就谈职场、谈价值，交友就谈感情，在家庭就谈亲情。在什么场合，就找个合适的身份，合适的话题去交流。相处舒服，才能期待下一次见面，就像这次我们四五好友相约散步，聊天很愉快，价值观相同或相近才能有聊到一起，固执的人，就是认知很低的人，还喜欢捍卫自己的观点，活在自己的认知里，却不知外面的变化。

孙总说，偶尔还是会点开对方的头像，翻看着他最近的动态，可是却连点赞的勇气都没有，害怕留下一点来过的痕迹；人在长大之后，总是习惯把所有情绪都调成静音模式。从来没有想到过，我们会变成今天这幅模样，从曾经的无话不说，到现在无话可说，好像并没有过多久，想起曾经和他的过往，遗憾是有，只是再也不想去争取了。很多人就像两条曾经交叉的直线一样，注定会渐行渐远，最后毫无瓜葛，好像从来都没有认识过。

散步结束，我们彼此招呼，并相约下周端午节回金湖，我来做东，一起聚聚，放松一下心情。

在回家的路上，我随意翻看几个人的朋友圈，并发个微笑表情，显示对方开启朋友验证了。原来，不知道何时我们已经不是朋友了。我也赞同，朋友圈要经常清理，无效社交就断了吧。于经理说得好，其实人生就像是一趟孤独的列车，中途总有人上车，也会有人下车；有的人能陪你比较久，有的人却只能坐一会儿，最终，他们都会离你而去，在某一个站台，和你挥手告别。

人，最初是一个人来到人世间，最后也是一个人去天堂。快乐都是有期限的，只有孤独才是人生的常态，年少时，以为高朋满座就是人生的意义，人走茶凉后才明白，没有谁能一直陪着谁，生活就是自己和自己的独欢，有些感情，注定只适合珍藏。

缅怀我的母亲

2022 年 3 月 13 日凌晨 2 时,我的母亲永远离开了我们。

母亲是南京知青,下放到苏北乡下,她的一生不是一般地艰辛,有太多的辛酸和无奈。

母亲是 1968 年下放的,那一年才 18 岁。20 世纪 60 年代的农村生活是困苦的,母亲当过农民,做过搬运工,再后来做了一名小学老师,直到退休。母亲多次说,我们家没有背景,大人孩子都要勤奋,一切都要靠自己。在我的记忆里,我们家一直生活很拮据,母亲省吃俭用,即使到了领退休金,也舍不得为自己花钱。母亲的儿女心特别重,时常牵挂着我们的一切。母亲在 38 岁患眼疾,几乎看不到任何东西。我当兵 4 年,母亲写了仅有的一封信,看到母亲来信我心里特别高兴,那是母亲花了几个晚上写的。母亲在信中嘱咐我在部队听首长话,干出个样子来。我没有辜负母亲,第三年就入党了。

我从没听母亲讲过她梦想。小的时候,我经常看到母亲每到周末就去参加教师培训班或者备课交流学习会,每次看她很早起床,忙着准备,她说不能迟到了,要走几十里路呢。那时虽然辛苦,可是我看到的却是母亲的意气风发和阳光。母亲常常备课到深夜,她戴着高度的近视镜,伏在桌前的样子,让我羡慕,更让我感受到母亲的努力和勤奋。母亲的语文课经常成为上级教育部门来学校检查调研的示范课，成为年轻教师学习的样板课。母亲还是位音乐老师，嗓子特别好，喜欢弹风琴，每次上到音乐课，班上的同学可高兴了。

母亲常说：她在家就在，根就在。在我们心中，母亲的意义是多维的。对儿女来讲，母亲是心灵的港湾，让儿女有避风的地方；母亲是情感的缆绳，把儿女牢牢拴着，不被风浪吹散；母亲是前行的灯塔，能让儿女看到方向和希望。

1996年12月，我从部队退伍了，等待工作安置的日子是痛苦的，对于母亲来说是块"心病"，用她的话说"大儿子工作没着落，吃饭都没味"。那年县里退伍兵安置政策相对灵活，只要能自己找到接收单位，县退伍军人安置办工作介绍信就开到哪里，我们家找不到接收单位，只有一次又一次跑到安置办询问什么时候安置？半年后，我接到去经委报到的通知，我知道就是去工厂下车间。母亲说：工作确定了，虽然没有进好单位，但找到相对效益比较好的企业不错了。原来，母亲一位同事的亲戚在经委担任领导，是他帮了我们家。

在造纸厂工作的十年，我始终没忘母亲的教诲，工作要好好干，就业不易。我从车间工人做起，干到党委办副主任、团委书记，成为厂里提拔的为数不多的"本土"干部。我的进步，让母亲欣慰。后来，我离开金湖去淮安工作的10多年里，母亲一直牵挂着我的工作和家庭。每次去看望她，她总是谈到如何做人、做事，常常讲她年轻时工作的故事。弟妹在苏州安家了，他们大多也只能在春节回来小住几天，陪伴母亲。

母亲是个善良的人，我在她身上看到淳朴的品质。母亲善待她的婆婆，爱护我们姊妹三个，为我们家操劳一辈子。家里开销大，母亲就挤出时间种菜，我们家住在乡下卫生院，也有几块小菜地，它也是母亲的精神寄托和生活重要的补充。母亲说，心情不好时，到菜地走几圈，看看劳动成果，心情就不一样了。

2012 年母亲离开了住了 30 多年的乡下，搬到县城新楼房时，母亲很高兴，我们家多年的愿望实现了。进县城的母亲，不再与人过多交往了，加上身体多种疾病，忧郁寡欢，下楼散步也不太愿意，舅舅、四姨从南京来看望母亲，每次都劝她要加强锻炼。母亲每天几十颗药丸，加上缺少锻炼也为她患病离世埋下了伏笔。

今年，母亲住院 2 个多月，大多是妹妹照顾的，妻子也去护理了一段时间，母亲虽不能下床，心情还不错。

母亲曾经跟四姨说过，她最大的遗憾就是国家有回城政策，她却没有回南京。我们做子女见证了她的高兴、她的落泪。世界上无论什么名誉、地位、尊荣，都比不上待在母亲身边。在我心里，母亲影响了我一生。母亲是伟大的，是值得我们子女学习的，发生在她身上的故事也是我们教育孩子的教材，并以此来延续母亲的精神。

端午小聚

生活就像一只储钱罐，你投入的每一分努力都会累积下来，在未来的某一天，令你惊喜无比。不必去羡慕别人拥有的东西，沉下心来，每天付出一点努力，时间终会给你想要的答案。

——题记

今年的端午节放假三天，提前一周就给一些战友发消息，约他们在端午节假期聚聚，便于他们安排。

聚餐的日子定在端午节的第二天——6月4日，也是放假的第二天，安排在晚上，照顾到方方面面，第三天还能休息一天，大家都说安排周到，尽管如此，到了晚上还有五六个战友因处理事情而"请假"，虽说有些遗憾，但也理解，到了我们这个年龄，上有老下有小，都不容易。晚餐安排三桌，略备薄酒共叙友情，享受相聚的温馨。

对于我们战友来说，那首耳熟能详的歌曲《说句心里话》，它形象生动地描述了战友情，大家一定感同身受，记忆深刻。

短短几年的军营生活，奠定了我们终生的战友情谊，并引以为一生的自豪和财富。虽然离开了军营，又回到家乡，或回到祖国需要的异地他乡，为社会效力，为集体工作，为家庭奔波。虽然我们聚少离多，但我们的心永远在一起，永远走不出军营赐予我们的品格。在周围人们的眼中，我们仍然是不同于平常人的，我们的组织纪律性、工作自觉性、主观能动性依然是我们在社会立足发展的根基，我们的忠诚可靠、不怕困难、奋勇拼搏、敢于奉献，使得大家在各自的领域和行业建功立业。

回首往事，我们是从南京码头乘坐客轮去湖北宜昌新兵训练基地的，共同走过了人生中最美好的四年军旅时光。想当初，少年幻想青年盼望，我们在激动和喜悦中，拥抱了渴望已久的荣幸，实现了当兵梦。

走进军营，我们把父老乡亲的叮咛，变成脚踏实地的行动，把领导的教诲、战友的关爱、朋友的提醒化为激励追求开放思想的动能，才有军旅岁月一个又一个成功。在我们战友中，军营四年，有的荣获三次优秀士兵，还有许多战友第二年就入党了……

回望军旅，朝夕相处的美好时光怎能忘，苦乐与共的峥嵘岁月，凝结了你我情深意厚的战友之情。训练场上，你我摔打意志；林荫小路上，你我倾吐肺腑；比武练兵场，我们大显身手。熠熠闪光的军功章，记录着我们长大的青春，这一切是我们永生难忘的回忆。

退伍回来二十多年，弹指一挥间。悠悠岁月，真挚的友情，紧紧相连，2016 年我们隆重举办了一次规模较大的聚会，我们战友相聚，依然能表现难得的大真爽快，依然可以率直地应答对方，那种情景让人悲喜交集，恍然如梦，好像是生命中的一部分跨越了漫长的时空，一如既往地停留在一个遥远而葱郁的地方。尽管现在由于我们各自忙于工作，劳于家事，相互间联系不是很频繁了，但绿色军营洒下的美好结成的友情，没有随风而去，已沉淀为酒，每每启封，总是回味无穷。今晚相聚在这儿，畅叙往情，我想，通过这次战友聚会，灿烂明天，辉煌未来。

我们曾经在一起学习、生活，战斗中培养了深厚的阶级感情。我们的这份感情来之不易，要倍加珍惜！这次聚会的初衷就是让大家加强联系交流，在面对困难和挫折的时候，能想到有许多亲密的战友站在我们的身后，把这份诚挚的感情化作无穷的动力，让我们笑对人生。

这些年来，战友们都在家庭生活和事业上取得了很大的成绩！有的战友在单位走上了领导岗位，有的战友一手创办的企业已经很具规模，有的战友一家3口奔赴在抗疫一线，更多的战友在各自的工作岗位上做出了不平凡的业绩，这些都得益于在部队养成的扎实作风和吃苦耐劳的精神。

今晚战友们很开心，开怀畅饮，有说不尽的话题，聊不完的开心事。在我们骨里子，始终没有忘记一名退役军人的初心，永远保持军人作风和本色，让家国情怀深深埋藏在心里，落实在平凡的工作生活中。

闲境不怠

记得在很早的时候，就听过一个故事：

有一只青蛙，惬意地躺在水中，无忧无虑，当水被慢慢加热，它依然悠然自得，毫无察觉。直到它感到水发烫时，却再也没有力气蹦出来，最终被烫死了。

后来这个故事被经常用到员工培训方面，时刻提醒职场人居安思危，才会有备无患；安逸享乐，只会自取灭亡。

今天（2022年5月24日）上午，市区吴总来集团党群教育基地查看装修现场，随后到我办公室聊天、交流。我跟她聊起我来集团前后经历，深深体会到人的认知水平、思维方式，决定格局和层次。

我做自己认为对的事情，而且也是能力或者争取一下，就能完成的工作。前两年，我出版《萤火集》《春雨集》，就是两种不同的处理方式，记得出版《萤火集》时，出版社当时问我需要印刷的数量时，我在办公室大致预测了数量，当时就怕印刷出来了销不完就有资金压力了。

到了去年，我出版《春雨集》时，我在印刷之前就告诉出版社印刷册数，这次印刷比《萤火集》增加了50%，也没去预测，因为在我看来，我有能力或者争取资源能够完成销售工作。

　　我到集团党委副书记岗位，毕竟不在经营管理的一线，许多工作需要靠自己去谋划，要让许多务虚的工作"实"起来，强起来。去年开展的党史学习教育受到市委组织部肯定，集团工作开展到哪里，党建就跟进到哪里。最近，我开展"喜迎二十大　奋进新征程"主题宣传教育活动，安排的七项活动在陆续启动，"话初心向未来"视频录制完成，进入后期制作，近期将播放宣传，营造喜庆氛围。还有许多工作等待去做，每天都有工作去做……

　　正如，最近有人跟我说，党群工作，想做就有事情做，不想做，也就没事。我说，还要看以什么样的心态去做，如果是消极应付去做，那么工作质量肯定不满意，哪怕你上班有激情，也不会让人振奋。吴总说我，是个充满正能量的领导。

　　我工作 30 年了，这些年靠着自己摸爬滚打，伴随着坎坎坷坷走到今天，孩子已经长大也参加工作了，长期的压力有所减轻，但是要做的事情还很多，回想起自己这么多年，就这样过来了。

　　我跟吴总说，不要把平台错看成本事。认真把工作做好，为老板分忧，独当一面，才能体现价值，而且还要不断地学习提高，持续提升价值，在我们周围，有的人伴随着平台成长，有的人走着走着就掉队了。

　　在职场中，要正确看待自己，需要有个好的心态。吴总说我办公室高大上。我跟吴总说起我办公室的事情：去年三四月份的一天，我组织"三会三总师"领导到正在装修的新大楼，那次行政副总随行，大家都来挑选办公室。我刚刚回集团任职不久，在心里觉得轮不到我选择办公室。在现场，行政副总确定了我的办公室，我看了觉得我的办公室比监事会主席办公室大了，当场提出与主席换一下。在我认为，有的事情，不是你在意与不在意，什么样的岗位，什么样的办公室，从一定意义上说，也就老板一句话的事情，让你挪位置，你还不挪？自己在平台处于什么位置，自己没点数，是可怕的。干事，体现能力，也是我们立足平台的价值所在。

曾国藩说：真正的智者，不以境役心，而是以心制境。人之处境，全在于心境。逆境不屈、顺境不傲、闲境不怠。熬得过低谷，经得起高光，耐得住寂寞，方能穿过风雨见彩虹。我在职场也有低谷，经历过别有用心的人，调整我的岗位和职务，文件都宣布了，我照样让所谓的文件变成废纸。可笑的是，文件还有多处错误，标点符号错误，文字表述错误，至今也没机会去问问是出自哪位"高手"？就在上个月，我还为集团管理人员上了一堂《公文常识与写作》，分享了这么多年，我在公文写作方面的体会。

事繁勿慌，事闲勿荒。明智有远见的人，懂得越是在清闲的时候越不能懈怠。

人无远虑，必有近忧。尤其，在日新月异的当下，知识更新加速，唯有不断学习，提升自我，才能不被淘汰。否则，时代抛弃你时，连招呼都不会打。

闲时不怠，方能用时不慌。

附录

一个集团党委书记的献血情结

忠诚担当映初心

【人物名片】涂怀军，江苏镇淮建设集团有限公司党委副书记，1972 年 1 月出生，1992 年 12 月参加工作，1995 年 8 月入党，曾获得"新时代淮安好人""淮安区优秀共产党员"等荣誉称号。

"两在两同"建新功行动开展以来，涂怀军深入一线，听取

党员职工意见建议，让他们"出题"，集团"解题"。半年时间，职工篮球场建起来了，健身房投入使用，党群之家设计方案进入讨论阶段……10件实事清单全部完成，增强了职工主人翁意识，激发了职工工作热情。

为让党建工作更好地融入集团中心工作，涂怀军挂钩联系集团工程部，定期开展调研，了解项目建设进度，解决困难职工诉求，重点检查安全隐患整改情况，确保项目建设安全管理无死角。

（来源：2022年1月5日《淮安发布》）

一个集团党委书记的献血情结

王　卉

涂怀军，现任江苏镇淮建设集团有限公司党委副书记，受到国家卫健委等部门表彰的全国无偿献血奉献奖金奖获得者。他自 2001 年参加无偿献血以来，20 年献血 30 次，累计献血量达 9800 毫升，用爱心和奉献诠释了一名退役军人、共产党员志愿者的初心使命……

"献血助人是我的初心，我无悔！"

每一滴鲜血都是生命的信使，从你身体里流淌出来，一路奏着生命的赞歌，又缓缓地流入他的生命里，带着温暖，带着爱心，带着所有一切美好的东西，使生命重获希望。涂怀军回忆起 20 年前第一次献血的情景还历历在目。2001 年 4 月，金湖县政府召开全县无偿献血工作会议，县政府分配给金莲纸业 50 人的献血任务，涂怀军时任公司党委办主任，作为公司无偿献血的组织者，面对第一次献血任务，面对着许多职工对献血知识不了解，认为献血对身体伤害大，普遍有恐惧心理。

涂怀军针对献血没人报名，部门反映难度大，职工思想顾虑多的现状，他请厂医务室主任为职工作普及献血知识的专题宣传，从卫生健康科学的角度，去认识宣传无偿献血的意义、好处。为了给职工做榜样，他第一个报名参加献血，还动员符合献血条件的医务室主任、党员干部、退伍军人、大学生带头献血，发挥表率带头作用。

这一年，公司有51名职工参加了无偿献血，超额完成任务。在以后的几年里，金莲纸业无偿献血任务从当初的50人增加到70人、80人、100人，负责这项工作的涂怀军年年带头献血，确保超额完成任务，涂怀军作为无偿献血工作先进单位代表，还在会上作经验交流发言。

记得第一次献血回家后，妻子埋怨他不该去带头，涂怀军耐心地说服：“献血有益身体健康，我是党员，理应带头做表率，我不上，你怎么好意思让职工上？”在他的影响下，积极加入到无偿献血行列中来的人越来越多。在他的带动下，职工宋明坚持献血10多年，2017年荣获“无偿献血奉献奖”时，他动情地说：“真诚感谢怀军大哥引领我走上无偿献血的道路。献血，让我的身体更健康，让我在奉献中得到了精神升华。”

2007年11月以后，涂怀军离开了原单位先后在本市多家民营企业工作，家人和周围的朋友都说：“你以前在公司是党员，又是组织者，带头献血是责任所在，现在的单位没有无偿献血任务，可以不用去献血了吧？”涂怀军却说：“虽然新单位没接到献血任务，对于我个人只要身体允许，还会坚持去献血帮助别人。”他说到做到，多年来无偿献血从没间断过，特别是2012年以来，他从每年一次献血变成了两次，献血量由过去的每次200毫升提高到了400毫升。

2020年初，突如其来的新冠肺炎疫情，搅乱了人们的正常生活。3月后，随着全省医疗机构逐步恢复正常诊疗秩序，亟待手术救治的患者、恶性肿瘤患者、血液病患者、意外受伤者及孕产妇等重点人群的医疗急救需要输注血液，无偿献血工作和血液保障任务面临着严峻挑战。涂怀军积极响应政府倡议，4月1日一大早就去金湖县中心血站参加献血，用行动支持防疫的战斗。10月1日，恰逢中秋节、国庆节，他又一次撸起袖子献爱心，献血400毫升。

"做宣传《献血法》的志愿者，我快乐！"

"我参加献血是非常难忘的，有一天涂总让我开车送他去献血，也就从那时开始，在涂总的影响下，也光荣的成为一名献血志愿者了。几年过去了，每年都坚持去献血，这是一件光荣的事情。"原淮安凡之晟远大建筑工业有限公司行政经理胡云说，涂总刚到公司任职不久，就宣传《献血法》，动员我们员工积极参加献血活动。

涂怀军身上永远流淌着"不忘初心"的血液，他说，第一次请人普及宣传《献血法》，后来自己就阅读学习《献血法》，主动利用会议、员工培训的机会，宣传《献血法》，推出《献血法》专题橱窗，要让更多的员工了解《献血法》，了解献血的好处，特别是2019年，他被聘任为淮安区委首批百业能人宣讲团成员，先后应邀赴海螺水泥淮安有限公司、淮安新材料产业园等单位宣讲宣传《献血法》，20年来，参加40多场次宣讲，聆听人数达3万余人，动员更多的人积极投身到无偿献血，帮助他人的公益活动中来。

让我们把无偿献血与"奉献、友爱、进步、互助"的志愿者精神结合起来，用实际行动支持无偿献血事业，让爱心与真情共鸣。有人对涂怀军的行为表示不理解，认为他"傻"，甚至有人认为他在作秀。对此，涂怀军心地坦诚，他说："献爱心捐热血，是军人和党员的责任，尤其在国家需要的时候，更应义无反顾地支持，帮助那些需要用血的人，点燃生命的希望，我很开心，这是我最幸福的事情。"周围的同事、朋友也被他20年坚持无偿献血的精神感动，劝他献血后休息几天。他拍拍胸脯，精神抖擞地说："我天生当兵的体格，壮实着呢。"

"成绩属于过去，我加油！"

2020年12月5日，是第35个国际志愿者日，当天下午，新时代淮安职业经理人联盟爱心公益社在淮安市区成立了，大家推选涂怀军担任首任社长，涂怀军说，成立爱心公益社目的就是整合资源，让更多的志愿者投入到公益事业中来，宣传普及《献血法》是公益事业一项重要组成部分，会坚持不懈地走下去。如果说，撸起袖子加油干是时代赋予我们这一代人的使命。那么，撸起袖子无偿献血，无疑是我们对这个时代最温暖的礼赞。

今年以来，涂怀军结合集团党委传达学习党的十九届五中全会精神契机，再一次以亲自经历去宣讲普及《献血法》，动员集团党员干部发挥带头作用，积极支持无偿献血事业，用实际行动去帮助更多的人，弘扬社会新风尚。20多年来，涂怀军献血助人的事迹先后被淮安献血网、江苏省红十字会网站、江苏文明网、中国工会网、《淮安区报》《江苏工人报》《江苏科技报》等宣传报道。他荣获"淮安区2014年度志愿服务工作先进个人""淮安区2016年优秀志愿者""淮安市第四届优秀志愿者""金湖县2017年无偿献血优秀志愿者""淮安区2018年好人""新时代淮安好人""2018—2019年度全国无偿献血奉献奖金奖"等荣誉称号。同事、朋友纷纷伸出大拇指为他点赞，涂怀军面对这些鲜花、荣誉，总是说："荣誉属于过去，我加油！"

（来源：2021年2月1日江苏省委组织部先锋网）

实践担当映初心

——记江苏镇淮建设集团党委副书记涂怀军

融媒体记者　刘玉洲

涂怀军，现任江苏镇淮建设集团有限公司党委副书记，曾获得全国无偿献血奉献奖金奖，新时代淮安好人，淮安区优秀共产党员、先进工作者、第五届道德模范提名奖等荣誉。

今年初，"淮安发布"推出涂怀军在"两在两同"建新功活动中为职工办实事的先进事迹，受到集团干部职工的赞许。在涂怀军的组织筹划下，镇淮建设集团党建工作赋能高质量发展，2021 年集团实现施工总产值 98.22 亿元，入库税收 6207.40 万元，其中本地入库税收 4237.53 万元，荣获江苏省建筑业综合实力 50 强，凡之晟实业厂房项目荣获国家钢结构金奖。

涂怀军自担任集团党委副书记以来，坚持党建与经营管理"六同"理念，即：党建与经营管理同研究、同规划、同部署、同推进、同考评、同奖惩。他认为，党建工作的价值，取决于它对企业发展的实效性，要找准党建工作的切入点。去年集团深入开展党史学习教育，他积极按照区委部署要求，从加强组织领导入手，注重调动集团党员干部的参与热情，积极促进为群众办实事解难题的效果，推进党史学习教育迅速升温、全面铺开。

他带队走访一线，走进施工现场倾听一线党员干部对开展党史学习教育的建议，更好地贴近集团党员干部的思想、工作实际，确保党史学习教育实施方案接地气、起好步。开展"党史快问快答""百年党史职工说""红色足迹延安行""书记大讲堂"等一系列活动，创新"红色周末学""实境学"等学习方式，确保了规定动作做到位，自选动作有特色。职工篮球场建起来了，职工健身房投入使用了，干部培训班举行了，员工公寓封顶了，党群之家设计方案出来了……党委着力为职工办实事，把烦心事办成暖心事，深受职工们欢迎，激发广大党员学习热情，汲取奋进力量，推进集团高质量发展。

他积极以党建带工建和青年文化社建设，支持工会依法依章开展工作。工会组织职工参加区工会系统"庆祝建党 100 周年全区职工文艺汇演"，开展了"夏季送清凉到一线"活动，深化了集团党史学习教育。他关心青年职工的成长成才，鼓励青年建言献策，凝聚青年职工，他出版《萤火集》《春雨集》为职工提供丰富的"精神食粮"。

涂怀军积极投身公益活动，回报社会。他坚持无偿献血 21 年不间断，累计献血达 10200 毫升。他成立淮安梧桐果爱心公益社，并担任社长。去年 3 月，团区委开展"梦想改造 +"关爱计划，公益社捐款 1000 元，帮助贫困家庭的孩子实现"小屋焕新"。下岗职工马某不幸患有多发性胶质瘤四期，他得知后通过爱心公益社捐款 1000 元。今年春节前夕，爱心公益社联合团区委走进大湾小学开展"缤纷的冬日——关爱未成年人活动"，送上助学金和春节礼包，鼓励孩子们乐观向上、快乐成长。他说，帮助别人是我的初心，要让更多的爱心人士加入到公益社，汇聚更多的志愿者力量服务公益。多年来，家人的支持是他做公益的动力，他的家庭荣获"淮安市书香家庭""江苏省最美家庭"荣誉称号。

"这些荣誉是激励，是责任，更是前行路上的力量源泉。"涂怀军说，作为一名党务工作者，他将在追梦路上继续前行、再立新功。

（来源：《淮安区报》2022年3月15日二版）

人要对自己狠一点（后记）

过去的事，微笑就好；现在的事，尽力就好；未来的事，应逼一下自己。对于这句话，周围许多朋友说，真正做到的，就是不简单，是睿智的人。而我也在努力朝这个方向奋斗。

——题记

我常说："人，谁不累？累是常态！"这么多年，我一直在外工作，大多时间是在工厂做人力行政工作，我喜欢在上规模的企业工作，在我眼里上规模的企业比较规范，也能够施展才华，更重要的是开展活动有氛围，我记得在金莲纸业担任党委办主任时，公司党委举办建党80周年职工歌咏比赛的场景至今难忘，每个车间组织的五六十人的大合唱，那气势，那种氛围和感染力，一辈子都忘不掉。对我来说，虽然累，但是心情是愉悦的，很有成就感。

只要干工作，心力就会憔悴。生活，不会尽如人意，即便再光鲜的人，也有他人不知道的，一肚子苦水。人活着，就得累，少年为了学业争渡，中年为了家庭争渡，老年为了健康争渡。我们这一辈子，没有谁能渡我们，唯有自己渡自己。无论你今天怎么苦恼，明天太阳都照样升起，该做什么就去做。

　　我平时爱好不是很多，写作对我来说就是工作，就是生活。我把工作摆在第一位，工作上的成就也能为写作提供支撑，我觉得，人要对自己狠一些。早年看过格力董事长董明珠的视频，她说，我们要对自己狠，对工作也要狠，只要肯攀登，就能过上你想要的生活。别总想着放弃或者躺平，放弃就意味一无所有，当你告诉自己，你不行，内心颓废的时候，你已经输了。做，就有成绩，你若放弃，你以前所有的努力，都是空谈，只能前功尽弃。

　　有人比你优秀不可怕，可怕的是那些没你优秀的人，仍旧在默默努力。我们不提倡攀比，但也不倡导把碌碌无为，当成是平凡可贵。有的时候，我们和人对比下，其实是必要的，让你知道，那些优秀的人，都在做什么，别说自己忙，时间都是挤出来的。当你每天多走一步，一年呢？几年呢？那些和你并驾齐驱的人，终会被你甩在身后。

　　我这次出版的《红叶集》是我的第三本随笔集，好友家永说我笔耕不辍，满满的获得感。我跟他说，我不是闲的人，属于行动派、实干派，我经常提前一个小时，甚至更早的时间到办公室开始一天的工作。《红叶集》许多文章都是工作之余，有人在休闲娱乐，我在爬格子，还不亦乐乎，这就是我的快乐。看着许多人翻阅着我的《萤火集》《春雨集》，我有满满的幸福感。朋友孙总说，我的文章接地气，不是胡编乱造的，许多文章描写的就是我的经历。你隐约能看到我遇到的困难和不快乐，你也会分享着我的成果和喜悦，人生是多姿多彩的。文章也有不少加工的，作品源自生活，同时也高于生活，有些人对号入座那就是自寻不快乐了。

　　2022年元旦前夕，在淮安市住房公积金管理中心、中国建设银行淮安分行联合举办"建行杯"庆祝中国共产党建党100周年暨纪念住房公积金制度建立30周年"我与住房公积金"有奖摄影、征文活动中，我撰写的文章获得二等奖。这次本书也收录了。

2022年，我最大的悲伤莫过于母亲的去世。母亲是位勤奋敬业的小学教师，在我心中她是伟大的，是她教我认识人生，领悟人情世故。她以一生的经历告诉我们，只有对自己足够狠，才能过上自己想要的生活，只有持续地奋斗，才能让自己有更多的选择，这些选择包括职业、交友、伴侣、婚姻……

2019年夏天，出版《萤火集》，是为了庆祝新中国成立70周年，2021年春天出版《春雨集》，是为了庆祝中国共产党百年华诞，2022年秋天编定《红叶集》，是为了庆祝党的二十大胜利召开。我作为集团党委专职副书记，感受到在集团工作很幸福，很有获得感，也一直在自我提升。我还会继续以谦虚之心，领岁月教诲；以虔诚之态，敬来日方长。

人要对自己狠一点，逼自己一把，因为人生的成就都是干出来的。想得再多，不付诸实际，都是空谈。别说自己不行，受伤了怎样？跌跌撞撞还能走，伤疤自己会愈合，不用你多思多虑。你看周围有些人，不遗余力地奋斗，不是他不累，而是他更坚强。逼自己一把，便能迸发出潜力。万事开头难，贵在坚持。有些东西形成习惯就好了，当一件事成了习惯，你就不累了，如同一个喜欢锻炼的人，刚开始锻炼，会难以坚持，当锻炼成了习惯，什么都不做反而会不舒坦。习惯的形成靠自律，足够自律，便足够出众。

成人的世界，天黑可以矫情，天亮只能拼命。

有了空调房，谁愿意在烈日下奔走？

有了暖气屋，谁愿意在寒风中前进？

人生啊，你有多能熬，你就有多出众。

我们都是岁月的过客，无论身处江湖，还是安居现世，一生走在寻找心灵的故土。这一世，一路奔赴，一路流离，依旧是梦了千回的亲人，朋友；有些城一生只去一次，便无重聚之日，有些人一生只见一回，便再重逢无期。职场中的你我，不抱怨，不泄气，我们该做的就是，给自己鼓励，给自己打气，信心满满地前进，永不服输地拼搏。我也经常思考，回头看看走过的路，找一找自己的初心，不要忘记过去，不要忘记根本，是为了让余生的路走得更正、更直、更远，更意义非凡。"人要对自己狠一点"，这句话送给每一个为生活、为梦想努力拼搏拼命的人，愿我们坚持不懈，一直向前，向未来。

2022年7月1日于江苏淮安
2023年9月修改于江苏金湖